Deseo™

José A. Vera.

No sólo negocios

SARA ORWIG

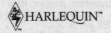

HARLEQUIN™

Editado por HARLEQUIN IBÉRICA, S.A.
Núñez de Balboa, 56
28001 Madrid

I.S.B.N.: 978-84-671-8641-3
Depósito legal: B-25961-2010
Editor responsable: Luis Pugni
Preimpresión y fotomecánica: M.T. Color & Diseño, S.L.
C/ Colquide, 6 portal 2 - 3º H. 28230 Las Rozas (Madrid)
Impresión y encuadernación: LITOGRAFÍA ROSÉS, S.A.
C/ Energía, 11. 08850 Gavá (Barcelona)
Fecha impresion para Argentina: 31.1.11
Distribuidor exclusivo para España: LOGISTA
Distribuidor para México: CODIPLYRSA
Distribuidores para Argentina: interior, BERTRAN, S.A.C. Vélez
Sársfield, 1950. Cap. Fed./ Buenos Aires y Gran Buenos Aires,
VACCARO SÁNCHEZ y Cía, S.A.
Distribuidor para Chile: DISTRIBUIDORA ALFA, S.A.

Prólogo

–Por ti, padre –dijo Noah Brand, levantando la copa de Dom Pérignon.

–Feliz cumpleaños –Jeff también levantó la suya.

Los dos hermanos gemelos eran exactamente iguales; pelo negro y copioso, ojos grises, rasgos vigorosos y una estatura imponente.

Sin embargo, la personalidad de Jeff se dejaba ver en su ropa texana y en sus botas camperas.

–Gracias, chicos. Quería hablar un momento en privado con vosotros antes de reunirnos con los demás –Knox bebió un sorbo y miró fijamente a sus hijos.

Noah estaba preocupado porque la salud de su padre ya no era lo que solía ser en el pasado.

Una suave brisa entró por la puerta abierta. Era cuatro de marzo y Dallas ya mostraba los primeros signos de la primavera.

–Tenéis treinta y cuatro años –dijo Knox, mirando a su hijo Noah, que se sintió especialmente aludido–. Pero no veo que ninguno de los dos vaya en serio con una mujer.

Al oír las palabras de su padre, Noah se relajó un poco. Una vez más, sólo trataba de meterse en la vida de sus hijos y, como siempre, Jeff lograría desviar su atención hacia otro tema.

–Estáis en lo mejor de la vida. A mí se me acaba el

tiempo, al igual que a vuestra madre. A los dos nos gustaría veros sentar la cabeza.

—Papá, maldita sea —dijo Jeff.

Knox agitó la mano.

—Dejadme terminar. Sé que no puedo obligaros a que os caséis. Sé que a ambos os gustan mucho las mujeres y que habéis tenido relaciones serias, pero las cosas nunca han llegado lejos, ni han durado mucho. Ni siquiera habéis traído a una chica esta noche.

—Esto era algo familiar —dijo Jeff mientras Noah se preguntaba si su hermano se pasaría toda la vida llevándole la contraria a su padre.

—Lo único que quiero es que penséis en varias posibilidades, así que… Si alguno de los dos se casa en un plazo de un año, le daré cinco millones de dólares.

Noah no pudo esconder la sonrisa y Jeff se echó a reír a carcajadas, poniéndose en pie.

—Siéntate, Jeff. No he terminado. Y además, el que se case primero conseguirá dos millones más.

La sonrisa de Jeff se desvaneció.

—¿Es que vas a volver a ponernos a competir? —dijo, algo molesto.

Noah guardaba silencio.

—Sólo es un incentivo adicional. Dos millones no supondrán mucha diferencia para ninguno de vosotros. A los dos os ha ido muy bien sin mi ayuda.

—Bueno, gracias, papá —dijo Jeff en un tono irónico, levantándose de nuevo de la silla—. Voy a volver a la fiesta —dijo y se marchó a toda prisa.

Noah y su padre se miraron durante unos segundos.

—¿Esperas que yo sea el que consiga esos dos millones extra?

–Sé que eres competitivo –dijo su padre–. Y también dócil… Tu hermano es un rebelde.

Noah balanceó la copa que sostenía en la mano y se puso en pie.

–Papá, me gustaría haceros felices a ti y a mamá, pero el matrimonio es algo que ni siquiera me planteo.

–De alguna forma el matrimonio es una pequeña parte de la vida, Noah. El negocio del cuero consumirá una buena parte de tu vida. Tienes bastante dinero como para hacer lo que te plazca y hacer feliz a una mujer. Descubrirás que los hijos son una bendición… Son importantes. Busca a una mujer entre tus amigos, alguien con quien te lleves bien, y crea una familia. Nunca te arrepentirás.

–Me lo pensaré –dijo Noah–. Creo que tus invitados deben de echarte de menos, papá. Volvamos a la fiesta.

Knox avanzó hacia su hijo y juntos se dirigieron hacia la sala de fiestas.

Jeff estaba de pie en un rincón.

Noah fue hacia él.

–Una vez más quiere que nos piquemos el uno con el otro –dijo Jeff–. Bueno, hermanito, esta vez tienes mi permiso para ganar. Yo me retiro de la competición.

Noah se echó a reír.

–Sinceramente, estaba dispuesto a dejarte ganar. Los siete millones para ti. No estoy en el mercado matrimonial y por mucho que quiera tener todo ese dinero en las manos, no me veo casándome. Ya sabes que siempre he dicho que no quiero casarme antes de los cuarenta. Además, no voy a buscar a alguien con quien casarme sólo porque puedo hacerla feliz. Ya tengo bastante con el trabajo.

Al oír las palabras de su hermano, Jeff casi se atragantó con la copa que se estaba bebiendo.

–¡Hijo de…! –exclamó, sin poder aguantar las risotadas–. Ya lo tenía todo pensado para hacerte caer. ¡Qué futuro! Igual que mamá y él; tan felices como ellos. Mamá se va de compras y de viaje cuando le place y a nosotros nos ha criado la niñera. Eso no es lo que yo quiero y no voy a casarme por satisfacerlos, ni tampoco por conseguir un premio. Siempre tiene que controlar nuestras vidas. No sé cómo soportas trabajar con él. Cuanto más os veo, más me gusta mi rancho.

–Los dos estamos tan ocupados que apenas nos vemos –Noah dejó la copa sobre la mesa–. Deberíamos saludar a la gente. ¿Por qué no comemos juntos un día, Jeff?

–Claro, si es que eres capaz de escaparte de Brand Enterprises un rato. Estaré aquí unos días más para asistir a la subasta de ganado. ¿Te viene bien el lunes a mediodía?

Noah asintió y se alejó.

Entre los invitados había varios clientes potenciales que no podía descuidar.

Capítulo Uno

El lunes por la mañana Emilio Cabrera sonrió con efusividad al ver a su nieta, que lo saludó con un abrazo cariñoso.

Faith hubiera querido poder ayudarlo más. Quería tanto a su abuelo.

–Buenos días.

–Ah, ¿cómo es que tengo una nieta tan preciosa? Ella sonrió.

–Gracias, abuelo. No lo dirás porque soy tu nieta, ¿verdad? –dijo Faith, bromeando y apartándose un mechón de pelo rubio de la cara.

–¿Pero qué pasa esta mañana?

Faith le enseñó una hoja de papel que había recibido de Angie Nelson, la secretaria-recepcionista.

–Por un lado, nos han vuelto a llamar de Brand Enterprises. No pienso volver a contestar a sus llamadas.

Emilio asintió.

–¿Es que no entienden que no voy a vender mi negocio familiar? Creen que soy demasiado viejo y que tengo que dejarlo ya.

–No es eso, abuelo –dijo Faith. A ella no le gustaba que su abuelo hablara de hacerse mayor–. Siempre hemos sabido que andaban detrás de esta empresa desde sus inicios. Realmente no sé si eso es lo que empezó las disputas entre las dos familias, o si fue al revés, pero, lo que sí es cierto es que siempre han querido engullirnos.

–Las rencillas son tan viejas que ni siquiera yo puedo responder a tu pregunta con exactitud. Pero lo que sí sé es que tanto mi abuelo como mi padre tuvieron que enfrentarse a los Brand. Muchos edificios y camiones resultaron dañados, e incluso tenemos algunos agujeros de bala en la parte de atrás de este edificio. No mandaron a nadie a la tumba, pero las cosas llegaron muy lejos en ocasiones. Los enfrentamientos violentos terminaron con mi padre y, desde entonces, todo ha estado más o menos tranquilo. Sin embargo, ahora hay mucho resentimiento. Los Cabrera les echan la culpa a los Brand, y lo Brand les echan la culpa a los Cabrera. No podía ser de otro modo. Pero no te preocupes por estas cosas. A mí no me importa tener que volver a decirles que no.

–Voy a ocuparme personalmente de este asunto para que no tengas que volver a tratar con ellos –dijo la joven–. Yo trataré con los Brand, o mejor, los esquivaré. Ya nos han hecho perder bastante tiempo.

–Cuando entré, te vi mirando los libros. ¿Qué tal nos fue el mes pasado? –preguntó el anciano.

–Aún no he pedido que hagan un recuento final –dijo ella, intentando no dar detalles hasta haberlo comprobado una vez más.

No obstante, ella sabía que las ventas seguían bajando.

–¿No has hecho el recuento o es que no quieres preocupar a tu abuelo? –le preguntó él, guiñando un ojo.

Aunque estuviera a punto de cumplir setenta y nueve años, el viejo Emilio Cabrera aún conservaba algo de cabello negro, mezclado con hebras color plata. Él era un artesano nato, un auténtico maestro de los que ya no quedaban.

–Sé que puedes encajar la verdad sobre Cabrera Custom Leathers, y estoy segura de que aún no hemos llegado a los números rojos.

Asintiendo con la cabeza, el anciano se apartó un poco.

–No sé qué haría sin ti, pero desearía que no hubieras tenido que dejar tu trabajo en los grandes almacenes.

–Ya hemos hablado de eso, abuelo –dijo ella, sonriendo.

Emilio Cabrera dejó la habitación y Faith volvió a sentarse y siguió trabajando, pero, unos minutos más tarde, volvieron a llamar a la puerta.

–Entra, Angie –dijo, preguntándose qué había causado la cara de susto de la recepcionista.

–Faith, he salido a recoger el correo, y he visto una limusina aparcada delante de la puerta. En ese momento se estaba bajando un hombre trajeado.

–¿Una limusina en esta zona industrial de la ciudad? Eso es incluso más raro que lo del traje.

–Eso pensé yo. No vaqueros y camperas precisamente.

–Imagino que serán los Brand, de nuevo –dijo Faith mientras pensaba a toda velocidad–. Gracias, Angie. Voy a escabullirme por la puerta de atrás. Además, tengo algunas cosas que hacer. No quiero hablar con otro empleado de la empresa Brand, ni siquiera con el mismísimo Noah Brand –dijo, recordando la gran sorpresa que se había llevado una semana antes.

El director de Brand Enterprises la había llamado, pero ella no había respondido.

–Entretenlo un poco hasta que me haya ido. Llevo el móvil encima. Puedes decirle que no me encuentro aquí. Hace tiempo que dejaron de intentar hablar con el abuelo, así que no preguntarán por él –agarró el bolso y un libro a toda prisa y se dirigió hacia la puerta–. Mil gracias, Angie.

Cerrando la puerta con discreción, Faith salió al estrecho callejón, pero, de pronto, vio una sombra por el rabillo de ojo.

Rápidamente se dio la vuelta y se encontró con unos intensos ojos grises que la miraban con gesto divertido.

Por muy increíble que fuera, tenía delante al mismísimo Noah Brand.

–Señorita Cabrera –le dijo con una voz profunda y misteriosa–. Soy Noah Brand –le ofreció la mano.

–Señor Brand –dijo ella y le estrechó la mano con reticencia.

–Siento entretenerla –dijo–. Parece tener mucha prisa.

–Yo…

–He tratado de ponerme en contacto con usted en varias ocasiones, pero, no lo he conseguido. Por supuesto, de haber sabido lo hermosa que es la más joven de los Cabrera, hubiera insistido más.

–Señor Brand… –dijo Faith, sintiendo cómo se le ruborizaban las mejillas.

–Llámame Noah, Faith –dijo él.

Ella retiró la mano inmediatamente.

–Nuestras familias tienen una larga historia y me sorprende que no nos hayamos visto antes. Los Brand y los Cabrera son dos dinastías legendarias.

–Y los Brand siempre han intentado ganar la partida. Su familia siempre ha tratado de pasar por encima de la mía, pero, no han tenido mucha suerte –dijo ella.

Él sonrió levemente.

–¿Me está diciendo que su familia es muy testaruda? –le preguntó, en un tono de broma.

–No, sólo digo que nos gusta lo que hacemos y nos interesan las competiciones.

Noah Brand soltó una carcajada.

–Tal y como yo lo veo, usted se ocupa de los negocios en lugar de su abuelo. Me gustaría charlar con usted acerca del futuro de su empresa y quisiera hacerle una oferta. Tal vez le interese.

Exasperada, Faith lo miró de frente.

Su corazón palpitaba a un ritmo acelerado.

–Claro –dijo, sin pensar.

Y un segundo más tarde se dio cuenta de que acababa de sucumbir al poderoso efecto de su hechizo.

–Pero no en este momento –añadió para remediarlo.

¿Qué le había ocurrido? ¿Cómo había podido dejarse deslumbrar por un rasgo tan superficial como la apariencia de aquel hombre?

–¿Y si cenamos esta noche? –sugirió él, dando un paso adelante–. A lo mejor le gusta lo que tengo que decirle. Su abuelo sacaría un gran beneficio.

–Dadas las circunstancias, ¿no cree que una cena es una forma muy poco convencional de hacer una propuesta de negocios? Su familia lleva varias generaciones detrás de nuestro negocio de pieles, pero los Cabrera nunca hemos cedido. Y eso no ha cambiado.

–Ni siquiera sabe lo que voy a decirle. ¿No siente nada de curiosidad?

–Creo que ya puedo imaginármelo. Dudo mucho que las cosas hayan cambiado desde la última vez que convencieron a mi abuelo para que se reuniera con ustedes.

–A lo mejor ahora todo les parece distinto. Y su abuelo ha trabajado mucho. Ya es hora de que tenga el descanso que se merece.

–El abuelo no tiene ganas de retirarse. Hace lo que más le gusta en el mundo –dijo ella, en un tono más áspero–. Gracias por la invitación –añadió, yendo hacia el coche, que estaba aparcado junto a la puerta trasera–. Ahora no puedo hablar de negocios. Tengo un compromiso –dijo con sequedad.

Abrió el coche, y entonces Noah le abrió la puerta con caballerosidad.

Faith levantó la vista y se encontró con una sonrisa radiante.

–Cuando mi abuelo esté listo para hablar, lo llamaré, señor…

–No –dijo él, sacudiendo la cabeza–. Y… llámame Noah, Faith.

Al oírle pronunciar su nombre sintió un cosquilleo en el estómago.

–Ha sido un placer –dijo finalmente, subiendo al coche y cerrando la puerta.

Noah la observó un instante con gesto relajado y autosuficiente; una mano en un bolsillo.

Su pose no se parecía en nada a la de un hombre de negocios cuya propuesta había sido rechazada. Nada más lejos…

Se comportaba como si ya fuera dueño de la empresa de su abuelo y ella sabía muy bien que aquello no había hecho más que empezar.

Furiosa consigo misma por haberse dejado impresionar, arrancó el vehículo y salió a toda prisa.

El imperio Brand quería tragarse a la pequeña empresa familiar de su abuelo.

¿Pero por qué tanta insistencia?

No lo sabía con certeza, pero sí sabía que la calidad de las pieles Cabrera era muy superior a la de la multinacional Brand Enterprises. Las botas y demás artículos que producía su empresa familiar eran confeccionados de manera artesanal y gozaban de un gran prestigio entre grandes celebridades, presidentes, miembros de la realeza, estrellas del celuloide, magnates del petróleo y muchas otras personalidades.

Cabrera Custom Leathers era un manjar suculento que los tiburones de los Brand no estaban dispuestos a dejar escapar, pero su abuelo, al igual que su padre y que su tatarabuelo, se negaba a vender, y ella no podía sino apoyarle en su empeño.

Sin embargo, no podía evitar pensar en la invitación.

De no haberse tratado de Noah Brand, sin duda hubiera aceptado sin pensárselo dos veces, pero, tal y como estaban las cosas, ese hombre era la última persona en la Tierra con la que quería salir a cenar.

Noah la vio marcharse con una sonrisa en los labios. Nadie le había dicho que Faith Cabrera era una mujer arrebatadoramente hermosa.

Pero lo que sí sabía era que estaba soltera, que tenía treinta años y que se negaba a vender porque su abuelo no quería dejar el negocio.

De camino al coche, se preguntó si el director de

marketing habría vuelto a las oficinas de Brand Enterprises en la limusina.

La treta había funcionado como esperaban. Por lo menos había logrado hablar con ella.

Paciencia y tiempo…

Eso era todo lo que necesitaba.

Al final conseguiría hacerse con Cabrera Leathers; al fin y al cabo la pequeña empresa de Emilio Cabrera no era más que otro negocio familiar en su punto de mira, igual que todos los demás que habían sido absorbidos por el coloso Brand Enterprises.

Sin poder quitarse aquellos ojos azules de la cabeza regresó al complejo de edificios que albergaban las oficinas de la multinacional de su familia.

Faith Cabrera era una belleza. No había ninguna duda al respecto. Y por muy hostil que se mostrara, al final terminaría sucumbiendo, como todas las demás.

Entró en su despacho, situado en el último piso de uno de los edificios de veinte plantas, se sentó frente al escritorio y se dispuso a comprobar los mensajes del buzón de voz.

De pronto alguien llamó a la puerta con unos sutiles golpecitos.

Era Holly Lombard, su asistente personal; una secretaria tradicional, conservadora y tan motivada como él.

–Dime que has podido hablar con uno de los Cabrera –le dijo ella, sentándose enfrente.

–Sí –dijo él–. Y buenos días para ti también. ¿Qué tal te va con tu prometido? Cuando te vi el viernes pasado, me dijiste que creías que estaba a punto de poner una fecha.

Ella sonrió.

—Sí. De hecho, así fue. Doug y yo nos vamos a casar en diciembre.

—Enhorabuena —dijo Noah, mirándola un instante—. Falta mucho todavía.

—Estamos muy ocupados y él tiene algunos proyectos que poner en marcha, así que lo hemos fijado para diciembre. Bueno, y ahora háblame de los Cabrera. ¿Con quién hablaste? Déjame adivinar. La nieta…

—Chica lista. Hablé con Faith Cabrera. No conseguí mucho, pero por lo menos la conozco y no me daré por vencido. Al final conseguiré hablar con ella —dijo él, esperando que eso ocurriera pronto.

—Esa chica es una ganadora. Llegó a ser la compradora principal en la corporación de venta al por menor con la que trabajaba. Es brillante.

—A lo mejor podré contratarla. Quiero conocer los métodos artesanales del abuelo, su pericia y su experiencia. Y también podría usarla a ella.

Holly sonrió.

—Sé lo mucho que te gustan los retos —deslizó una carpeta sobre el escritorio—. Necesito que firmes estas órdenes de compra.

—A ver… —dijo él, agarrando los documentos—. Conciértame una reunión con nuestro director de marketing. Quiero que me ponga al día sobre el acuerdo para comprar la empresa de curtido de pieles de El Paso.

—Muy bien —dijo Holly.

Esperó a que firmara los documentos y entonces se retiró a su puesto de trabajo.

Una vez solo, Noah se puso a trabajar, pero, una y otra vez, sus pensamientos volvían a Faith Cabrera.

¿Cómo iba a acercarse a ella de nuevo?

A mediodía se marchó de las oficinas. Había quedado con su hermano Jeff para comer.

Nada más entrar en el restaurante, le vio sentado en una mesa.

La camarera que le había recibido le acompañó hasta su asiento con una sonrisa.

–Me había confundido, señor Brand. Pensaba que era usted.

–A mí nunca me verás con vaqueros y camperas. Pero mi hermano es un cowboy –dijo Noah, acostumbrado a oír el mismo comentario una y otra vez.

Siempre le sorprendía que la gente pensara que eran iguales porque en realidad no lo eran. Jeff era el rebelde aventurero, mientras que él era mucho más conservador.

Le estrechó la mano a su hermano y tomó asiento frente a él.

–Podríamos haber comido en mi despacho.

–Me alegro de que no lo hayamos hecho. No quiero encontrarme con papá. ¿Ya te has buscado una esposa? –le preguntó Jeff, en un tono jocoso.

Noah se echó a reír y sacudió la cabeza.

–Papá nunca se da por vencido cuando quiere algo. Tanto en los negocios como en los asuntos personales –dijo.

–Tienes toda la razón –dijo Jeff–. La otra noche pasó una hora intentando convencerme para que volviera al negocio.

–A mí me encantaría poder contar contigo –dijo Noah, sintiendo la vieja punzada de la rivalidad.

–Gracias, pero no. Pero a papá le entra por un oído y le sale por el otro. No sé cómo puedes soportar la vida corporativa. No sé cómo puedes tenerle contento todo el tiempo.

–No te creas. Estoy fallándole en lo que más le importa.

–Lo del negocio de los Cabrera. Papá quiere rendirse, pero él también falló en su día –Jeff hizo una pausa al ver acercarse al camarero, que les tomó nota y les sirvió agua fría.

En cuanto se volvieron a quedar solos, Noah volvió al tema.

–Parece que las cosas no han cambiado mucho, aunque ahora sea la nieta la que lleve el negocio. Ni siquiera quiere hablar conmigo.

Jeff dejó el vaso de agua sobre la mesa y se echó a reír.

–¿Una mujer que no quiere hablar contigo? ¿Está casada?

–No, no está casada. Y es impresionante.

–¿Y no quiere hablar contigo? –repitió Jeff, arqueando una ceja–. Bueno, me parece que no estás en tu mejor momento, hermanito. ¿Quieres que me ponga un traje y que te consiga una cita?

–No te eches tantas flores –dijo Noah, acostumbrado a las fanfarronadas de Jeff–. Conseguiré esa cita tarde o temprano –añadió y guardó silencio al ver acercarse al camarero, que sirvió los emparedados de pollo y las ensaladas.

Comieron sin hablar durante unos minutos, pero finalmente Jeff bebió un sorbo de agua y miró a su hermano con una sonrisa radiante.

–¿A qué viene esa sonrisa? –le preguntó Noah.

–Acabo de encontrar una manera para que pases toda una tarde con Faith Cabrera, si es que tanto lo deseas. Claro que… si ves que no vas a dar la talla y la chica está tan bien, siempre puedo ir en tu lugar.

–No lo hacemos desde que éramos críos. ¿Por qué no me explicas cómo puedo pasar una tarde con ella?

–Tengo una amiga que la conoce. ¿Te acuerdas de Millie Waters? Me ha dicho que Faith Cabrera va a participar en una subasta de solteras este fin de semana. Es el viernes por la noche.

–Una subasta de soleras –dijo Noah, pensando en las posibilidades–. No parece de ésas, pero es publicidad gratis y su negocio no anda muy bien que digamos.

–A lo mejor no anda muy bien y es un poco anticuado, pero todavía hacen las mejores botas del mundo. Soy un traidor. Tengo ocho pares.

–Maldita sea, les haces publicidad gratis. Traidor.

–Cada día te pareces más a papá. Considéralo investigación competitiva. El viejo Cabrera sí que sabe cómo hacer botas perfectas. Y Brand Enterprises debe de darle escalofríos. Una gran multinacional gigante con una potente red de distribución –Jeff dejó el sándwich sobre el plato–. Creo que tengo una entrada en el bolsillo. Le compré una a Millie. Tenía cuatro más para vender.

–Entonces puedo comprarle una.

–No hace falta –dijo Jeff, rebuscando en su bolsillo.

Un segundo más tarde, arrojó una entrada roja sobre la mesa.

–Te invito. Seguro que será una velada interesante. Si ganas la puja, Faith Cabrera tendrá que ser un poco más amable contigo.

–Gracias –dijo Noah. Al recoger la entrada y leerla, levantó una ceja–. Déjame que te pague. Es un acuerdo de mucho dinero. Estas entradas cuestan una pequeña fortuna.

–Olvídalo –dijo Jeff–. La investigación contra el cáncer es una buena causa. Gástate una pequeña fortuna en comprar a la señorita Cabrera y, después, todo depende de ti –dijo Jeff, sonriendo con picardía.

–Eso haré –dijo Noah, sonriendo también.

–A lo mejor no deberías hacerte ilusiones. Quizá sea más fría que el hielo.

–Ya veremos. Gracias por la entrada.

–Estoy buscando un nuevo camión y esta noche voy a cenar con el tío Shelby.

–Estuvo unos veinte minutos en la fiesta de papá, y entonces se fue.

–Las cosas nunca cambiarán entre ellos –dijo Jeff–. Por mucho que a nuestro tío le encante Europa, nunca ha perdonado a papá por haberle enviado a ocuparse de las filiales europeas.

–El tío Shelby se la tiene bien guardada –dijo Noah.

–Pero ésa no es nuestra guerra –dijo Jeff–. Tengo que irme. Gracias por la comida.

–Gracias por la entrada de la subasta. Creo que va a ser un placer ir en tu lugar.

–Que lo disfrutes –dijo Jeff y se marchó entre risas.

Después de comer Noah regresó a su despacho. Todavía faltaba mucho para el día de la subasta, pero, si todo salía como esperaba, lograría hacerle una propuesta a Faith Cabrera y, con un poco de suerte, lograría hacerse con el negocio de su abuelo.

Un buen trato de negocios…

Capítulo Dos

Con mariposas en el estómago, Faith se alisó la falda de cuero beige y se miró en el espejo desde diversos ángulos. El dobladillo terminaba justo por encima de la rodilla y la chaqueta de cuero a juego le quedaba como un guante.

–Espero que con este traje las botas resalten más –dijo, mirando sus elegantes botas Cabrera.

–Todo el mundo reparará en tus botas –dijo Angie–. Estás fabulosa.

–Gracias, Angie –dijo Faith, ajustándose el cinturón de cuero y mirándose de nuevo–. Ya estoy lista.

–He comprobado que las participantes llevan botas Cabrera. Por nuestra parte está todo hecho –le aseguró Angie, dando un paso atrás–. Y espero que consigas un galán apuesto que te haga pasarlo bien.

–Mi amigo Hank me dijo que pujaría, y Rafe Hunter, el amigo de mi primo, estará aquí para empezar la puja si Hank no llega a tiempo –dijo Faith, atusándose su larga cabellera rubia–. ¿Me puedes arreglar el pelo por detrás, Angie?

–Lo tienes perfecto.

–Gracias por tu ayuda esta noche.

–De nada. Buena suerte. Déjalos K.O.

–Gracias de nuevo, Angie –dijo Faith, arrugando la nariz y deseando que el fin de semana llegara a su fin.

Se sentía como una universitaria a punto de acudir a su primera cita a ciegas, pero estaba dispuesta a seguir adelante por una buena causa. La publicidad le vendría muy bien al negocio Cabrera y había muchas clientas potenciales entre las asistentes al evento.

Contenta de estar entre las primeras solteras que iban a ser subastadas, salió del vestuario y fue a reunirse con las demás participantes. La cegadora luz de los focos ocultaba al público y las mujeres que salían a subasta estaban apretadas entre bastidores.

Espléndida con un ceñido vestido verde que le encajaba a la perfección, Emma Grayson posaba en el escenario mientras tres hombres pujaban por ella.

Faith esperaba que Hank ganara la puja cuando le tocara el turno a ella. Su amigo no estaba interesado en ella como mujer, así que podrían pasar una velada tranquila y distendida.

Miró a la audiencia una vez más, pero las luces no la dejaron distinguir a los invitados.

Unos minutos más tarde un hombre ganó la puja por Emma. Andrew LaCrosse, el maestro de ceremonias, le hizo señas para que se acercara al escenario y la multitud le abrió paso, aplaudiendo con entusiasmo.

–¡Nuestro ganador, Luke Overland! Luke, ésta es Emma… Gracias por pujar –le dijo Andrew a Luke–. Otra ronda de aplausos para el señor Overland, por favor, por su generosa contribución a esta noble causa.

Los asistentes se deshicieron en ovaciones y Luke y Emma se despidieron del público saludando con la mano.

Mientras les veía bajar de la plataforma del escenario, Faith se dio cuenta de que había llegado su turno.

–Y ahora recibamos con un fuerte aplauso a nuestra soltera número cinco, la señorita Faith Cabrera –dijo Andrew.

Mientras la audiencia aplaudía y Andrew leía una breve reseña de su biografía, ella salió al escenario, saludando y sonriendo.

–Gracias. Es un placer estar aquí –dijo, volviéndose hacia Andrew.

–Y esta noche lleva un par de botas Cabrera, hechas por la prestigiosa firma de su familia, que lleva liderando el mercado de la marroquinería desde 1882. Su cinturón también es de Cabrera, y también ese maravilloso traje que lleva puesto. Cuero de primera calidad, y unas botas magníficas, hechas a mano y confeccionadas con el máximo esmero, señoras y señores. Esta noche tenemos mucho que agradecerle, señorita Cabrera, aparte de su propia participación en la subasta. Cabrera Custom Leathers ha tenido la gentileza de donar una colección de botas y cinturones que las solteras llevarán esta noche.

Andrew hizo una pausa mientas los asistentes aplaudían y ovacionaban a la joven Cabrera.

–Empecemos la subasta con dos mil dólares –dijo finalmente, cuando la multitud guardó silencio–. Dos mil dólares, dos mil, por una tarde-noche de sábado en compañía de la señorita Faith Cabrera.

–Tres mil –dijo un hombre.

Faith enseguida reconoció la voz de Hank y sonrió de oreja a oreja. Era un alivio oírle pujar por ella.

Hasta ese momento, la máxima puja había sido de ocho mil quinientos dólares, pero a ella no le importaba que su amigo fuera el único que pujara por ella. De hecho, estaba segura de que todo terminaría en menos de un minuto y ya esperaba con ilusión la llegada del sábado. Una apacible velada en compañía de Hank era justo lo que necesitaba.

—Tres mil, tres mil… ¿Alguien da más, señores?

—Veinticinco mil —dijo otra voz, causando una exclamación conjunta entre los asistentes.

Faith perdió la sonrisa de inmediato. ¿Quién podía estar dispuesto a ofrecer semejante suma por ella? Era una locura.

Se echó a reír al tiempo que la audiencia rompía a aplaudir. Andrew agitaba las manos con un gesto de euforia.

De pronto, un temido fantasma tomó forma en la memoria de Faith.

Tenía que ser Noah Brand…

—No… —susurró, presa de la desesperación.

Ya no quedaba ni rastro de su sonrisa, pero no podía hacer nada para remediarlo. Toda una tarde y una noche en compañía de Noah Brand.

Respiró hondo y rezó porque alguien hiciera otra puja.

¿Pero quién hubiera podido superar una suma tan desorbitada?

Imposible.

Noah Brand tenía un objetivo y no se detendría ante nada.

Faith apretó los puños y esbozó una plástica sonrisa.

—Señoras y señores, creo que el caballero de los veinticinco mil dólares ha ganado la subasta —anunció Andrew—. Pero, para hacer las cosas bien, voy a preguntar por última vez… ¿Alguien da más? Veinticinco mil… Adjudicado —dijo, golpeando el martillo sobre la mesa con energía.

La audiencia rompió a aplaudir.

–¿Señor, sería tan amable de acercarse al escenario?

Un gran silencio se cernió sobre la multitud, que sentía gran curiosidad por saber quién había ofrecido tanto dinero.

Un torrente de rabia recorrió las entrañas de la joven y sus mejillas se incendiaron por dentro al verle emerger de entre el público.

Subiendo al escenario, le estrechó la mano al presentador de la subasta y entonces se volvió hacia ella para ofrecerle la mano.

Durante un efímero instante se taladraron con la mirada y entonces ella no tuvo más remedio que darle la mano.

Andrew estaba pletórico.

–Noah Brand es nuestro gran benefactor. Gracias a los dos. A Faith por participar y a Noah por su generoso regalo.

Los invitados aplaudieron una vez más, pero Faith apenas los oía.

–No, no, no… –susurraba en un hilo de voz, sabiendo que nadie podría oírla con tanto ruido.

Dieron media vuelta y abandonaron juntos el escenario.

–Estoy encantado de haber ganado la puja, pero parece que a ti no te hace mucha gracia –dijo Noah.

–Ya sabes lo que pienso de esto. Ya tienes lo que querías. La cita será una reunión de negocios.

–Al contrario –dijo él, mirándola fijamente–. Dejaremos los negocios a un lado por un rato. Por lo que a mí respecta, ésta es la última vez que hablamos de negocios este fin de semana.

Faith lo miró con recelo.

Entraron en el *backstage*, donde los esperaba un hombre sentado detrás de un escritorio.

Tenía un libro de contabilidad en la mano.

–Enhorabuena a los dos –dijo Terry Whipple–. Esta noche han conseguido una enorme suma –le dijo a Faith y entonces se volvió hacia Noah–. Y a ti, Noah, gracias por tu generosa donación a una buena causa.

–Estoy deseando conocer a Faith –dijo Noah, mirándola a ella mientras hablaba con Terry–. Y creo que ésa es una buena causa.

–Bien, bien –dijo Terry, abriendo el libro de contabilidad.

Noah se sacó un cheque de un bolsillo y se apoyó en la mesa para rellenarlo.

Mientras escribía, Faith lo observó con atención. Su cabello negro y copioso era ligeramente ondulado. Nariz recta, pestañas tupidas, y unos ojos agudos, penetrantes y eróticos…

Faith sintió un cosquilleo en el vientre que no podía controlar. Siempre que estaba cerca de él tenía la misma sensación.

–Gracias, Noah –dijo Terry, sonriendo de oreja a oreja y dándole un recibo a Noah–. Gracias de nuevo, Faith, por todo lo que has hecho. Y ahora tenéis toda una velada por delante para llegar a conoceros mejor. Podéis hacer lo que queráis, depende de vosotros. Eso ya no es parte del espectáculo. Pero mañana, Faith, necesitamos que estés disponible a partir de las tres y durante toda la tarde-noche. La mayoría de las parejas asistirán a la cena y al baile mañana. Pero eso es cosa vuestra. Y el sábado a medianoche termina tu compromiso, Faith. Que lo paséis bien.

—Tomemos una copa mientras hacemos planes –dijo Noah, agarrándola del brazo.

Faith sabía que era inútil protestar, así que se despidió de Terry y accedió a acompañarle hasta una apartada mesa.

Nada más sentarse, pidió un Martini.

—Mañana… ¿Por qué no te recojo a las tres? Podemos volar hasta mi yate, que está en el golfo. Podemos navegar, salir a nadar… lo que queramos. Más tarde, asistiremos al baile y a la cena, como sugirió Terry.

—A pesar de tu generosa contribución, debes saber que no me hace mucha ilusión todo esto.

Él sonrió y sus ojos destellaron.

—Ya trataré de conquistarte mañana. Con un poco de suerte, hasta podrías pasarlo bien.

El camarero les llevó las bebidas y Faith bebió un sorbo de su copa.

—¿Y qué me cuentas de ti, Faith? Los detalles que dio Andrew no me dijeron mucho –dijo Noah–. Una familia prominente, raíces texanas. Has tenido mucho éxito en el área del marketing y de los negocios, pero lo dejaste todo para ayudar a tu abuelo con el negocio del cuero.

Ella asintió.

—Perdí a mis padres y mi abuelo es la única familia que me queda, así que decidí ocupar el lugar de mi padre. Él conocía muy bien todo el proceso del curtido de pieles, pero terminó haciéndose cargo de toda la parte de los negocios también.

—Siento mucho lo del accidente de tus padres. Creo que os enviamos un mensaje en aquel momento… ¿Vives con tu abuelo? –le preguntó de repente y sonrió.

–No –dijo ella–. Tiene empleados que lo ayudan en todo. Bueno, ya veo que vas a por todas. Buena estrategia de interrogatorio… Pero yo no sé casi nada de ti. Eres el director general de Brand Enterprises y la empresa de tu familia siempre ha querido comprar la de la mía, pero nosotros no tenemos intención de vender –añadió, reprimiendo las ganas de insultarle de una forma más explícita.

Él sonrió.

–Me da la sensación de que no has dicho todo lo que querías decir.

Faith sintió cómo se le ruborizaban las mejillas.

–Ah, esas mejillas te delatan. Sólo espero que mañana no albergues los mismos pensamientos.

Faith bebió un poco de Martini y le rehuyó la mirada durante un instante. Lo único que deseaba en ese momento era escapar de aquel hombre inquietantemente turbador.

Noah Brand no era un enemigo cualquiera.

–Vamos, Faith, dime en qué estás pensando –le dijo él, en un tono conciliador.

–Tendré que fingir mejor la próxima vez –dijo ella–. Ya me has ganado un par de veces.

Los ojos de Noah emitieron un destello de picardía.

–Siempre intento salirme con la mía.

–Vaya, ya veo que la modestia no es lo tuyo. ¿Acaso no te sales siempre con la tuya? –le preguntó Faith, pensando que él debía de creerse invencible.

–Claro que no. No pude cuando te conocí. Quería que cenaras conmigo el lunes por la noche.

–Un pequeño retraso. Vamos a salir el sábado. Yo diría que al final sí que te has salido con la tuya.

–Bueno, en cualquier caso no siempre es así. Pero últimamente casi siempre consigo lo que quiero –añadió con una sonrisa y ella no pudo sino devolvérsela–. Y tú eres hija única, así que seguro que te sales con la tuya muy a menudo.

–Puede ser –dijo ella, bebiendo un poco de Martini–. Y los dos estamos empeñados en…

Él le puso la punta del dedo sobre los labios.

–Sh. No lo digas. Este fin de semana nada de hablar de negocios, ¿recuerdas?

Faith sintió un cosquilleo en los labios y por un momento olvidó lo que iba a decir. El tacto de su mano la hacía pensar en sus besos aunque no quisiera.

Al darse cuenta de que estaba mirando su boca, levantó la vista bruscamente, pero ya era demasiado tarde. Él la miraba con ojos burlones.

–Esas mejillas rojas te delatan de nuevo –dijo tranquilamente–. Y yo me preguntaba lo mismo que tú. Tendremos una respuesta antes de que el día termine –cambió de postura y de tono de voz–. Bueno, dime, ¿qué es lo que te importa de verdad, Faith? ¿Cómo te ves dentro de diez años?

–Me veo como una persona que ha tenido mucho éxito. Con un poco de suerte, mi abuelo aún seguirá conmigo. Él es lo más importante en mi vida. Dentro de diez años, espero tener una familia, pero si no la tengo, no hay ningún problema. ¿Y qué me dices de ti?

–Ya sabes qué es lo que más me importa ahora, pero, ¿dentro de diez años? A lo mejor para entonces me habré casado. Espero que mi empresa haya crecido mucho para entonces, espero ser más hábil cerrando acuerdos de negocios, aumentar mi red de contactos… En fin, cosas sencillas –añadió.

Faith sonrió.

–Muy bien. Uno o dos billones más, más bienes materiales, y una vida absolutamente egocéntrica.

–¡Vaya! Haces que parezca un egoísta empedernido.

–Sólo repito lo que me has dicho. Por lo menos eres sincero.

–He donado veinticinco mil dólares a una buena causa esta noche. Creo que eso también debería contar a mi favor.

–Sólo lo has hecho por conseguir hablar conmigo. ¿Lo has hecho alguna otra vez?

–Creo que mañana tendré que esforzarme mucho para hacerte cambiar de idea respecto a mí. Otro desafío más. ¿Sabes qué? A menos de diez metros de nosotros hay gente bailando –le dijo en un tono ligeramente irónico–. ¿Por qué no bailamos?

Sin esperar una respuesta se puso en pie y la agarró de la mano, así que Faith no pudo sino aceptar.

Sin embargo, cuando la atrajo hacia sí, ella trató de mantener las distancias.

–¿Cómo te enteraste de lo de la subasta? –le preguntó, tratando de ignorar la extraña sensación que recorría su cuerpo al tenerle tan cerca.

–Mi hermano me dio la entrada –le dijo él.

–No me digas que todo fue de casualidad.

–No. Lo tenía planeado y me alegro de haberlo hecho. Me gusta tu perfume.

–Gracias –dijo ella–. Ya veo que se te dan muy bien los halagos –añadió, pensando que debía de deshacerse en elogios con todas las mujeres con las que salía.

Continuaron bailando y hablando hasta que terminó la canción y después regresaron a la mesa.

Él era un buen conversador y al final logró cautivarla con numerosas anécdotas que los mantuvieron ocupados durante un largo rato.

Cuando Faith miró a su alrededor se dio cuenta de que la mayoría de los invitados ya se había marchado.

Miró el reloj y levantó la vista con ojos de sorpresa.

—¡Dios mío! La una de la mañana. Tengo que irme a casa.

—No te espera nadie. Me dijiste que no vivías con tu abuelo y, por lo que me has dicho, no tienes compromisos.

—Hoy me levanté a las tres de la mañana y ayer también. Creo que ya es hora de irse a casa.

—¿A las tres de la mañana? —Noah la agarró del brazo—. Entonces sí que tienes que irte a dormir. ¿Por qué no me lo dijiste antes?

—Lo estaba pasando bien —respondió ella en un tono jovial—. ¿Quieres que te diga que me tenías tan cautivada que perdí la noción del tiempo?

Él sonrió.

—A lo mejor eso es exactamente lo que quería.

—Muy bien —dijo ella, mirándolo a los ojos—. Estaba tan interesada en tu conversación que me parece que han pasado sólo unos minutos. ¿Qué te parece así?

—Ojalá lo dijeras de verdad —dijo él, sujetándole la puerta para que pudiera pasar al tiempo que hacía una breve llamada por el móvil.

—Te recogeré por la mañana y te traeré aquí para que recojas tu coche. Es tarde. Te llevaré a casa.

—Creo que voy a aceptar tu oferta —dijo Faith, sabiendo que sería inútil discutir con él.

Una limusina negra se detuvo delante de ellos y el conductor se bajó para abrirles la puerta.

Ya en camino, ella sonrió.

–He conseguido olvidar nuestras diferencias durante toda la noche, pero ya sabes que sólo estamos retrasando lo inevitable –le dijo.

Él sacudió la cabeza.

–Recuerda… Nada de trabajo este fin de semana. Sólo somos un hombre y una mujer que quieren llegar a conocerse mejor.

Faith se encogió de hombros y miró por la ventanilla. Las casas se sucedían una tras otra a toda velocidad.

Noah Brand no había pagado veinticinco mil dólares por una cita. Estaba tras el negocio de su abuelo y tarde o temprano pondría en marcha su plan, fuera el que fuera.

Al llegar a su casa le dio el código de acceso y aparcaron en frente de su apartamento.

–¿Qué tal si nos vemos a las nueve? Así puedes dormir un poco más y después de invito a desayunar –dijo él.

La había acompañado hasta la puerta de su casa.

–A las nueve está bien, pero mejor nos saltamos lo del desayuno.

–Esta noche también ha pasado volando para mí –dijo él, acercándose un poco y rodeándole la cintura con el brazo.

El corazón de Faith comenzó a palpitar con más fuerza.

Las miradas, el baile, el tacto de sus manos… Todo había avivado el fuego que la consumía por dentro.

Deseaba que la besara con todas sus fuerzas, pero también sabía que no podía desearlo. Él era el enemigo.

–Faith, a lo mejor no tenemos por qué llevarnos

tan mal –dijo él tranquilamente, agarrándola con más fuerza.

Ella sabía que tenía que rechazarle, pero no fue capaz.

Deslizó las manos a lo largo de sus brazos y lo miró fijamente, entreabriendo los labios, preparándose para el beso que ya era inevitable.

Un torrente de deseo recorrió su cuerpo, llegando hasta los rincones más escondidos.

Sabía que iba a arrepentirse de ese beso prohibido, pero no podía parar. Quería que la besara toda la noche.

Enredando los dedos en su cabello fuerte y ondulado, se apretó contra él, gimiendo suavemente y sintiendo su prominente erección.

Él la acorraló contra la pared y la alzó en el aire, deslizando las manos por su espalda hasta agarrarla de la cintura.

Faith ya no podía aguantar más. Su respiración se hacía cada vez más entrecortada y los latidos de su corazón retumbaban por todo su ser.

Aunque supiera que tenía que parar, no era capaz de hacerlo.

Finalmente, le empujó en el pecho y él se detuvo, levantando la cabeza.

Se miraron durante unos segundos que parecieron una eternidad, y fue entonces cuando Faith se dio cuenta de que había cometido un error irremediable.

Ya no iba a ser capaz de olvidar ese beso, por mucho que lo intentara.

–Faith… –dijo él e hizo una pausa–. Te veo a las nueve.

Faith se preguntó si era eso lo que iba a decir al principio.

–Ha sido una velada muy agradable –añadió.

–Gracias –dijo ella–. Yo también lo creo –abrió la puerta y entró en la casa–. Buenas noches, Noah –cerró la puerta, apagó la alarma y miró por la ventana, para verle marchar.

Con los labios todavía hinchados a causa de sus besos, Faith se preparó para irse a la cama, pero, una vez se tumbó, no fue capaz de cerrar los ojos.

Se acostó boca arriba y fijó la vista en la oscuridad del techo.

El sueño no iba a llegar, pero en su lugar creció un sentimiento de exasperación.

Estaba confusa y furiosa consigo misma. ¿Cómo era posible que no pudiera sacarse a Noah Brand de la cabeza?

Seguramente a esas alturas él debía de estar celebrando el triunfo obtenido esa noche.

Noah se acomodó en el asiento de la limusina y revivió todo lo acontecido esa noche en el recuerdo. Faith Cabrera era una mujer hermosa, sensual y apasionada a la que deseaba con locura.

Lo había pasado mucho mejor de lo que esperaba con ella, pero al final tendrían que volver a hablar de negocios y entonces, inevitablemente, todo llegaría a su fin, pues sólo uno de ellos saldría satisfecho del acuerdo. Y ése iba a ser él.

Más tarde o más temprano, Faith Cabrera iba a caer rendida a sus pies y el negocio de su familia acabaría en sus manos…

Capítulo Tres

La cama estaba llena de vestidos; todos descartados a favor de una sencilla blusa verde de lino y unos pantalones color caqui.

Faith salió del dormitorio a toda prisa y fue a abrir la puerta.

—Buenos días —dijo Noah con una sonrisa.

Faith lo miró de arriba abajo con disimulo.

Llevaba una camisa de punto de manga corta que realzaba su torso moldeado y sus imponentes bíceps.

—Estás impresionante —dijo él, mirándola sin cohibirse.

—Gracias —dijo ella rápidamente, intentando sonar desenfadada y tranquila—. Voy a conectar la alarma y enseguida estoy contigo —añadió y unos segundos después salió nuevamente.

—¿Has dormido bien? —le preguntó él de camino al coche.

—Como siempre —dijo ella—. ¿Alguna vez os habéis intercambiado tu hermano y tú? —le preguntó, intentando cambiar la conversación.

—Claro. ¿Cómo podrían resistir la tentación un par de críos?

—¿Y entonces cómo sé que hoy estoy con Noah Brand y no con Jeff? —le preguntó ella, aunque supiera muy bien que no estaba con Jeff Brand.

—Te garantizo que estás con el auténtico y genuino

34

Noah Brand —dijo y le la abrió la puerta de su reluciente deportivo negro.

Faith sonrió.

—¿Pero cómo puedo estar segura?

—¿Quieres que te enseñe las cicatrices? —dijo él, bromeando.

—No. Déjalo.

—Somos muy diferentes. Lo sabrás cuando lo conozcas.

Ella lo miró un instante. No tenía intención de conocer a Jeff Brand, ni tampoco pensaba volver a verle a él más allá del fin de semana.

—Me sorprende que tu hermano no trabaje en el negocio familiar.

—Jeff odia el mundo empresarial.

Faith se sentó en el asiento y esperó a que él rodeara el capó y subiera por el lado del conductor.

—¿Entonces no hay mucha rivalidad entre tu hermano y tú?

—Yo no he dicho eso. Hay rivalidad cuando hacemos las mismas cosas, y puede que ésa sea la razón por la que decidió hacer otra cosa. Supongo que no entiendes muy bien la competición entre hermanos.

—Yo diría que, teniendo un hermano idéntico, es como si compitieras contigo mismo.

—No exactamente. Yo no soy Jeff y él no es Noah. Pero no te preocupes. Estás con quien debes estar.

—No me preocupo. Además, si tu hermano no está en la empresa, no tiene motivo alguno para salir conmigo.

Noah se echó a reír.

—Tendría el mejor de todos los motivos. A los dos

nos gustan las mujeres guapas. Si le dieras una oportunidad, saldría contigo enseguida.

Sus cautivadores ojos grises, su sonrisa contagiosa, su encanto… ¿Cómo iba a librarse del hechizo de aquel hombre?

Noah miró a su alrededor y la sorprendió observándolo.

–¿En qué estás pensando? –le preguntó, arqueando una ceja.

–Pienso en que realmente no hay forma de que podamos escapar de la enemistad entre nuestras familias. Ni siquiera sé cómo empezó todo. Y creo que mi abuelo tampoco.

–Yo me imagino que todo empezó por una competitividad dañina. El arte del curtido de pieles es una tradición artesana que se transmite de generación en generación, así que imagino que la enemistad debe de remontarse los inicios del curtido artesanal.

La atención de Faith estaba dividida; una parte para sus palabras y otra parte para sus increíbles ojos grises.

–Supongo que sí. Por mucho que intente recordar, no recuerdo haber oído nada bueno de los Brand en toda mi vida. E imagino que tú podrás decir lo mismo de los Cabrera. Las viejas rencillas son un muro entre nosotros. Nuestras familias se odian.

–Pero nosotros no tenemos por qué entrar en el juego. Y «odiar» no es la palabra adecuada. Yo sólo quiero comprar el negocio Cabrera.

–Pero creo que no te hacemos mucha gracia.

–Yo no diría lo mismo –dijo él con una voz cálida.

–A mi abuelo no lo soportas. Y ni siquiera te molestas en disimularlo.

–Las disputas pueden terminar con nosotros. Te prometo que no hay ni un solo átomo en mi cuerpo que no responda positivamente cuando estoy contigo.

Ella no tuvo más remedio que sonreír.

–Tenemos un trato. No se trata de negocios. Deberíamos aprovechar la ocasión para terminar con las rencillas.

–Me temo que no se pueden obviar los sentimientos familiares tan fácilmente –dijo ella–. Son más grandes que los intereses empresariales. Pero lo intentaré –Faith miró por la ventana un instante y se preguntó si realmente sería capaz de ignorar sus sentimientos–. Me dijiste que hace muchos meses que no sales a navegar. ¿Qué haces para relajarte?

–Trabajo. Estuve un par de semanas en Suiza el año pasado. Me gusta nadar y jugar al tenis. ¿Y tú?

–Paso mucho tiempo con mi familia.

–Eso suena como si no tuvieras muchas ganas de pasarlo bien hoy. Deja de pensar que soy Noah Brand. Hoy sólo soy un tipo con el que vas a salir. Te encantará navegar por alta mar y la costa se ve preciosa desde esa perspectiva. Además, podemos bucear un poco.

Faith se rió.

–Muy bien –dijo.

De pronto sintió una punzada de nostalgia. Si lo hubiera conocido en otras circunstancias quizás…

Él giró hacia el aparcamiento del club de campo y ella lo llevó hasta donde estaba su coche.

Después de aparcar, él le abrió la puerta del acompañante y la ayudó a salir.

–Volveré dentro de un par de horas, y ya estoy impaciente –dijo él en un tono bajo, mirando su boca.

Faith le devolvió la mirada y entonces recordó el beso apasionado que se habían dado el día anterior.

Sin ninguna duda volvería a sentir el roce de aquellos labios antes de que terminara el día…

Faith se preparó rápidamente y, como le sobraba algo de tiempo, llamó a Millie para contarle todo lo ocurrido.

–¿Jeff te pidió una entrada para Noah?

–No. Jeff me compró cinco entradas, pero no sé lo que hizo con ellas. ¿Lo pasaste bien con Noah la otra noche?

–Eso no viene al caso. Aunque haya prometido no hablar de negocios, yo sé que todo es una patraña.

–Olvídate de los negocios y pásalo bien. Tienes que aprovechar.

–Millie, ¿es que no recuerdas el importe de su puja? Él se lo toma muy en serio y estaba dispuesto a hacer cualquier cosa por hablar conmigo. Es evidente que tiene un objetivo que cumplir.

–Pues haz que se olvide de ese objetivo.

–Tengo que irme.

–Llámame cuando puedas y me cuentas cómo ha ido.

Sacudiendo la cabeza, Faith colgó el teléfono.

Quizá Millie tuviera razón. A lo mejor la forma de hacer negocios era olvidarse de los negocios, como había dicho Noah.

Puntual como un reloj, Noah tocó el timbre.

Faith se echó una bolsa al hombro y abrió la puerta.

–¿Te llevo algo? –le preguntó él y agarró un maletín que estaba en el suelo–. Vaya, mira eso –dijo, mirando más allá del vestíbulo.

Ella siguió la dirección de su mirada.

–Son fotos familiares.

–Es increíble –fue hacia ellas–. ¿De cuándo son? Son fotos muy antiguas.

–De cuando se hicieron las primeras fotos –Faith señaló una–. Ahí está mi tatara-tatarabuelo, en un vagón de tren.

–Ya veo que estás muy apegada a tu familia. Tienes una auténtica galería de fotos aquí. Yo ni siquiera sé el nombre de mi tatara-tatarabuelo –siguió mirando otras fotos–. ¿Y quién es éste?

–Mi abuelo cuando tenía diecinueve años. Era boxeador.

–Estoy impresionado. ¿Emilio era boxeador?

–Por poco tiempo, cuando era joven.

–Aquí están las oficinas de la empresa Cabrera hace muchos años –dijo Noah–. Interesante.

–Es el mismo edificio. Siempre lo ha sido. La familia es importante para mí.

–Ya lo creo. No sé si nosotros tenemos fotos tan antiguas –la miró fijamente–. No te sorprendas tanto.

–Es que no me lo puedo ni imaginar. No me extraña que las viejas rencillas entre nuestras familias te traigan sin cuidado. A ti no te importa el pasado.

–En realidad no. No me importa. Eso es historia.

–Es tu historia –dijo ella–. Sólo quieres el negocio de mi familia por motivos puramente económicos.

–Sí –dijo él, arqueando una ceja–. Si pensabas que estaba intentando acabar con las viejas disputas, estás equivocada. Hacéis el mejor cuero, las mejores botas y las mejores sillas de montar. Eso es lo que yo quiero; nada que ver con las viejas rencillas familiares.

Ella lo miró con ojos perplejos.

–No puedo entenderlo. Yo siento que formo parte de la historia de mi familia y por eso representa tanto para mí.

–Pues yo pienso todo lo contrario. A mí sólo me mueven los negocios. Y la ambición –dijo, sonriéndole y volviendo a mirar las fotos–. De todos modos, tengo que admitir que la curiosidad me pica. Nunca había reparado en el hecho de que mi familia tiene un pasado, una historia. Y creo que mis padres tampoco.

–Bueno, entonces creo que te has perdido algo muy importante.

–No lo creo –dijo él–. Ahora tenemos que irnos, pero quiero que algún día volvamos aquí y me cuentes toda la historia de estas fotografías.

–Cuenta con ello, Noah. A lo mejor así despierto tu curiosidad por tu propia familia. Mira esto es un daguerrotipo de mi tatara-tatara-tatarabuelo cuando llegó a Nueva York, desde España. Tenía diecisiete años y no hablaba inglés. Llegó a Texas cuando tenía veintitrés años. Ya te hablaré de los otros en otra ocasión.

–Eso es un trato –dijo él, echándose el maletín al hombro–. Conecta la alarma –le dijo y salió al exterior.

Un minuto más tarde salió Faith.

–Llegaremos enseguida y entonces te alegrarás de haber salido pronto. Te lo aseguro.

–Siempre estás muy seguro de ti mismo, ¿no?

Él sonrió de oreja a oreja y le abrió la puerta del coche.

–No creo que quisieras que fuera de otra manera.

Ella se rió a carcajadas mientras él dejaba los bultos en el maletero y subía al coche.

Durante el camino volvió a verse asaltada por las

dudas. ¿Acaso debía hacer lo que decía Millie? ¿Hacerle olvidar los negocios?

Pero… ¿podía hacerlo? ¿Quería hacerlo?

Mientras viajaban en su jet privado, contempló el paisaje urbano de la ciudad de Dallas por la ventanilla.

Aunque no le estuviera mirando, sabía que él la observaba con atención.

–Si nos conocieras bien ahora sabrías que no estás con Jeff. Él estaría pilotando el avión porque le encanta volar. Creo que se aficionó a ello por llevar la contraria a mi padre, que siempre se preocupaba mucho.

–Por lo que has dicho creo que tú te llevas mucho mejor con tu padre que tu hermano.

–Así es, pero prefiero no hablar de eso. Mi yate está atracado en Cozumel. He pensado que podemos tomar un aperitivo en el avión y después nos vamos a nadar antes de comer.

–Lo tienes todo planeado hasta el último detalle.

–Más o menos –contestó él–. Pero tú no pareces ser de las que lo dejan todo a la improvisación. ¿Me equivoco?

–Supongo que no, pero sospecho que tú y yo tenemos expectativas muy distintas respecto a este viaje.

–Las expectativas son una cosa, pero los resultados siempre son un gran interrogante. Y es por eso que estamos intentando conocernos mejor.

–Sin duda llegaremos a un conflicto de intereses que al final terminará pareciéndose a las viejas disputas entre los Brand y los Cabrera –dijo Faith, que no podía resistir la tentación de provocarle.

–Mi único interés este fin de semana es pasarlo bien en compañía de una rubia impresionante.

–Pero yo no sé si podré obviar el hecho de que te

llamas Noah Brand. A lo mejor puedes mostrarme tu cara más amable.

Un destello parpadeó en la mirada de Noah y entonces suspiró profundamente.

—Este fin de semana acaba de mejorar —dijo él en un susurro.

—Bueno, ya veremos qué pasa, ¿no? —dijo ella en el mismo tono.

A lo mejor lograría darle la vuelta a la situación; hacerle olvidar los negocios y darle una lección de humildad.

—Mis expectativas, que ya eran considerables, acaban de dar un salto notable —añadió él.

—Tus ojos grises te delatan.

—Y…

—Tendrás que esperar, Noah. No dejes que tus esperanzas te lleven por delante.

—Ya es demasiado tarde —dijo él, acercándose un poco—. Acabas de aumentar mis esperanzas de forma considerable.

—Noah, eres imposible.

—Tengo el mejor de los motivos para serlo.

Ella sonrió.

—Creo que, llegados a este punto, deberíamos pasar a un tema más neutral. ¿Cuál es tu pasatiempo favorito, de los que se pueden contar?

Él parecía divertirse con la situación.

—Que se pueda contar… El trabajo. Y si estoy trabajando, me gusta jugar al tenis. Ahora tienes que decirme cuáles son los tuyos.

—Me gusta la ópera. Voy siempre que puedo. Puccini es mi favorita. También me gusta leer y siempre estoy pendiente de mi familia. ¿Cuál es tu comida favorita?

–Un buen filete, definitivamente, con un buen vino tinto. Déjame adivinar la tuya. Salmón y una copa de vino blanco.

–Buena elección. Espero que eso no signifique que soy una persona predecible.

–Por supuesto que no. Más allá de tu comida favorita, no tengo ni idea.

–Imposible. ¿Qué más te gusta hacer?

–Lo que me gusta sobre todas las cosas… son los besos lentos, apasionados… Una mujer hermosa, unos ojos profundos y agudos, unas curvas…

–¡De acuerdo! Creo que ya lo he entendido –dijo Faith, levantando una mano–. ¡Para! Yo me refería a otra clase de pasatiempo. ¿Por qué no me dices cuál es tu canción favorita?

–Pero eso no es tan divertido.

–Pero esta vez la precaución es mejor que la diversión.

–¿Y tú nunca dejas a un lado la precaución?

–Creo que acabo de hacerlo. Si no, no estaría en un avión con Noah Brand –dijo ella, sabiendo que estaba jugando con fuego.

–Me alegra oír eso.

Poco antes de llegar a Cozumel, el paisaje cambió por completo, dando paso a la inmensidad del mar azul.

–¡Esto es un paraíso, Noah!

–No debería decirlo, pero, te lo dije.

Ella sonrió.

–Puedes decirlo. Tienes razón –se volvió hacia él y lo sorprendió mirándola de nuevo.

Había deseo en sus ojos grises, un instinto básico que aceleraba el corazón de Faith.

–Lo vamos a pasar muy bien –dijo él–. De hecho, ya lo estamos pasando bien. Haré todo lo posible para que disfrutes este fin de semana –le dijo.

El doble sentido de la frase no pasó inadvertido para ella.

–Después de oír eso, yo diría que necesitamos darnos un baño para refrescarnos un poco.

–No lo veo probable. Sobre todo si llevas un traje de baño.

–Entonces debes distraerte admirando los peces tropicales –dijo y volvió a mirar por la ventanilla.

–Deja de preocuparte y de tener remordimientos por estar conmigo –dijo él, poniendo una mano sobre la de ella–. Hasta ahora todo ha ido bien.

Ella lo miró a los ojos y asintió. El tacto de su mano desencadenaba un cosquilleo que le recorría todo el cuerpo.

La limusina los llevó hasta el muelle, y allí subieron a bordo de un pequeño bote que los llevó hasta un imponente yate blanco.

–Ahí está –dijo él.

–¿Ése es tu yate? Más bien parece un transatlántico –dijo ella, pensando que la riqueza debía de parecer algo común y natural cuando se nacía con ella.

–Es cómodo. Cuando estoy aquí, pienso que voy a volver pronto, pero cuando me voy, siempre estoy tan ocupado en el trabajo que me olvido de ello.

–Pues no sé cómo puedes –dijo ella. Era evidente que Noah Brand era un adicto al trabajo.

Olvidarse del yate cuando estaba lejos… ¿Cómo podía llegar a enterrarse en el trabajo hasta ese punto?

Cuando subieron a bordo, fueron recibidos por un hombre alto y bronceado vestido de uniforme.

–Faith, éste es el capitán Mario Mena.

Ella le estrechó la mano y también saludó a los demás miembros de la tripulación mientras el yate arrancaba motores.

–Déjame enseñarte tu camarote –dijo Noah–. En cuanto nos cambiemos de ropa, te lo enseñaré todo. Dentro de una media hora llegaremos a un lugar donde se puede bucear. ¿Te parece bien?

–Sí –dijo ella.

Él la agarró del brazo y la condujo a un espacioso camarote decorado en tonos beige y blancos, y amueblado a todo lujo.

–Esto es precioso, Noah. ¡Es un palacio flotante! –dijo ella, extasiada.

Él sonrió.

–Gracias. Es muy cómodo y siempre lo paso bien cuando salgo a navegar. Cámbiate. Te estaré esperando. Mi camarote está justo al otro lado del pasillo –dijo.

Le indicó con la mano y la dejó a solas.

Faith fue hacia el balcón y contempló la inmensidad del mar. Una suave brisa le acariciaba el rostro y llenaba de vida sus pulmones.

Las olas pasaban por debajo del casco y en el firmamento azul asomaban algunas nubes blancas.

Su abuelo nunca había tenido vacaciones. Siempre había trabajado muy duro para ganarse la vida y el negocio de las pieles era su mundo, lo único que le hacía feliz.

Faith regresó al interior del camarote. No podía dejar que nadie le arrebatara aquello que tanto esfuerzo le había costado a su abuelo, y estaba dispuesta a hacer lo que hiciera falta para evitarlo…

Sin dejar de pensar en Faith ni un momento, Noah se cambió de ropa rápidamente. Había planeado el día hasta el último detalle y, si todo salía según lo esperado, ella no volvería a su casa esa noche.

Los negocios jamás habían resultado tan placenteros.

Al salir del camarote, se topó con ella y no pudo evitar mirarla de arriba abajo. Vestida con unos pantalones cortos y una blusa azul intenso, estaba impresionante. Y sus piernas… tan largas y aterciopeladas…

–Estás preciosa –le dijo en un tono de voz que revelaba el deseo que sentía por ella.

–Tú también –dijo ella–. Siento haberte hecho esperar, pero quería hacerme una trenza.

–Te queda muy bien –le dijo él, tirándole suavemente del pelo–. Y ahora nos vamos de tour.

Más de una hora después regresaron al punto de encuentro. Se habían tomado su tiempo para pasear por todos los rincones del barco.

–Bueno, ya lo has visto todo. ¿Estás lista para bucear un poco? Después podemos nadar en la piscina.

–Claro –dijo ella y entonces se apartó un momento. Se dio la vuelta y comenzó a quitarse la ropa.

Aunque no pudiera verle, sabía que él la devoraba con la mirada.

«Ojalá me hubiera comprado un traje de baño de una pieza en lugar de este diminuto bikini azul…», pensó para sí.

Pero ya era demasiado tarde, así que, armándose de valor, se dio la vuelta y puso una pose exagerada.

–Estoy lista.

–Bueno, entonces metámonos en ese agua fría cuanto antes.

Faith intentó sostenerle la mirada, pero no pudo. Su pecho fornido y bien moldeado era una visión irresistible, sus bíceps poderosos…

–Sí, metámonos en el agua cuanto antes –repitió ella, haciendo un esfuerzo por mirarlo fijamente.

Noah asintió con la cabeza y la condujo por la cubierta hasta las escaleras.

–Tenemos las toallas y el equipo de buceo en una balsa junto a la playa, así que primero tenemos que nadar hasta la orilla.

–Bueno, vamos a meternos en remojo.

Pasaron media hora buceando y disfrutando de la exuberante belleza submarina. Sin embargo, Faith no era capaz de olvidar ni por un segundo al hombre que estaba a su lado, fuerte, apuesto y casi desnudo.

Noah nadó hasta ella y la tocó en el brazo. Hizo un gesto y ambos emergieron a la vez.

–¿Y si nos quitamos el equipo de buceo? El agua está perfecta.

–Sí –dijo ella, deseando nadar un poco.

Regresaron a la orilla, se quitaron el equipo y después nadaron hasta aguas más profundas.

Un rato más tarde, ya lejos de la playa, se detuvieron un momento para descansar. Noah emergió junto a ella y se sacudió el agua de la cara. Ya no hacían pie.

–¿Quieres volver a la playa? –le preguntó él.

–Sí, claro. No me había dado cuenta de que nos habíamos alejado tanto –dijo ella, contemplando la orilla lejana.

–Es fácil hacerlo –dijo él, acercándose y agarrándola por la cintura.

Sorprendida, ella levantó la vista y lo miró.

–Noah –exclamó, desprevenida.

–Éste es un lugar memorable y un momento memorable. Debemos guardar un buen recuerdo de este momento –dijo, acercándose más.

–Noah –susurró ella, mirándole con ojos intensos. El corazón se le aceleraba por momentos y él se acercaba más y más...

En cuanto sus labios se encontraron, Faith sintió un revoloteo en el vientre y, agarrándole de la cintura, apretó su boca contra la de él al tiempo que dejaba escapar un gemido. Un torrente de calor fluía de sus bocas selladas por un beso ardiente, dejándola sin aliento.

Su potente erección la rozaba entre los muslos y el beso alimentaba las llamas que la consumían por dentro.

Incapaz de reprimir las sensaciones que se habían apoderado de ella, deslizó la mano por su musculosa espalda hasta llegar a su estrecha cintura masculina.

Estaba demasiado cerca, a punto de sucumbir a sus encantos, a punto de rendirse sin remedio a los pies de Noah Brand...

Pero en ese momento la cordura no tenía nada que hacer frente a los impulsos más primarios. Deseaba a aquel hombre como nunca antes había deseado a ningún otro.

Cambiándose de postura, él le apartó la parte superior del bikini y abarcó uno de sus pechos con la palma de la mano, jugueteando con el pezón.

A merced de sus caricias, ella empezó a restregarse contra él, moviendo las caderas a un ritmo suave y sensual.

—Noah —susurró ella, levantando la vista.

Él la miraba con ojos de fuego, consumido por la pasión.

Faith se apartó de él, nadando un poco.

—Deberíamos volver —le dijo y se echó a nadar a toda prisa hacia la orilla, furiosa consigo misma por haberse dejado llevar hasta ese punto.

Al llegar a las aguas poco profundas, apoyó los pies, tomó una toalla de la balsa hinchable y la puso sobre la arena.

Él llegó unos segundos después y se sentó a su lado.

—Ese beso no debería haber pasado.

—Tonterías —dijo él en un susurro—. Somos un hombre y una mujer que intentan escapar de la rutina y de la monotonía. Además, es el resultado natural de la subasta. ¿Qué creías que iba a ocurrir después de la subasta? No pensabas en serio que tu amigo sería el único que pujaría por ti.

—Bueno, en realidad, sí.

—Mírate en el espejo —dijo él, sonriendo—. De no haber sido yo, cualquier otro lo habría hecho.

Ella no tuvo más remedio que reírse.

—Supongo que tengo que darte las gracias —dijo ella, volviendo la vista hacia el mar—. Nunca olvidaré este lugar. Los peces son extraordinarios.

—Yo había empezado a hacerme ilusiones hasta que has dicho lo de los peces —dijo él en un tono sarcástico.

—Hasta hoy sólo había buceado una vez en mi vida, y fue en un río, así que no había muchos peces exóticos.

–¿Alguna vez te has enamorado, Faith?

–No de verdad. ¿Y tú? Creo que ya sé la respuesta.

–No.

–A mí me parece que no tienes tiempo para relaciones serias.

–Sí que tengo tiempo para vivir. No soy un adicto al trabajo, no hasta ese punto.

–No sé si tienes razón, sobre todo porque no recuerdas la última vez que te tomaste un fin de semana de relax. ¿Nunca has pensando en sentar la cabeza, en casarte?

–A lo mejor me lo planteo dentro de muchos, muchos años –dijo él.

Ella sonrió.

–Estoy hasta arriba de trabajo y me gusta disfrutar de mi libertad –añadió–. Nunca he llegado a estar comprometido o a tener una relación suficientemente seria. ¿Y qué me dices de ti, Faith?

Ella sacudió la cabeza.

–Tampoco.

Un poco más tranquila, apoyó las manos detrás de la espalda, cruzó las piernas, cerró los ojos y echó hacia atrás la cabeza. Los rayos del sol bañaban su rostro y la ayudaban a dejar la mente en blanco.

Unos segundos después volvió a abrir los ojos y le encontró allí, en la misma postura, mirándola intensamente.

–Vaya –exclamó–. Pensaba que te habías quedado dormido.

–No podría –dijo él.

Faith percibió la creciente tensión del momento y se puso en pie con brusquedad.

–Creo que deberíamos volver al barco.

–Claro.

En cuestión de minutos subieron a bordo del yate y un miembro de la tripulación se llevó las toallas y el equipo de buceo.

–Podemos ir a comer.

–Creo que antes voy a darme una ducha –dijo ella y se retiró a su camarote.

Después de comer, dieron un paseo por la cubierta y más tarde nadaron en la piscina. Él se mostró correcto en todo momento y ya no volvió a hacer ninguna insinuación más allá del deseo profundo que brillaba en su mirada.

Al atardecer, Faith se dio cuenta de que había pasado un día estupendo. Sin embargo, no podía olvidar que Noah Brand no tenía cabida en su vida. Esa noche, cuando regresaran a casa y él intentara convencerla de que se quedara un poco más, rompería con él definitivamente. Le diría que no podía volver a salir con él; que no tenían futuro.

Mientras meditaba el asunto, se preguntó si él insistiría en seguir viéndola, sobre todo después de convencerse de que su abuelo no iba a vender de ninguna manera.

Decidida a terminar con todo aquello, Faith se puso erguida y salió de su camarote. Tenía que resistir la tentación; mantener la cordura.

Noah Brand tenía un propósito más allá de la seducción, pero ella no iba a dejar que se saliera con la suya…

Capítulo Cuatro

Noah se dio la vuelta y avanzó hacia ella.

–Estás impresionante esta noche –le dijo, tomándola de las manos.

–Gracias. Tú tampoco estás nada mal –dijo ella, sonriendo y pensando que estaba siendo muy injusta.

En ese momento él parecía exactamente lo que era: un ejecutivo billonario.

Sin embargo, aunque hubiera pasado todo el día con él, aún seguía sintiendo una descarga eléctrica cada vez que la atravesaba con la mirada.

–Vamos a tomar algo antes de cenar. Podemos ver la puesta de sol –sugirió.

–Tomaré una margarita.

–Tenemos mucho que celebrar –dijo él–. Dos enemigos que han hecho las paces.

–Polos opuestos, pero… –se mordió la lengua–. Pero, aquí estamos –añadió, pensando en una forma de cambiar el tema de conversación.

–Eso no es lo que ibas a decir. Termina lo que ibas a decir.

Faith se sonrojó mientras pensaba en la increíble química que había entre ellos.

–Sí que era lo que iba a decir –dijo, esquivando su mirada.

Él esbozó una media sonrisa.

–Vamos –dijo él en un tono de broma–. Estabas pensando justo lo contrario.

–Ni siquiera lo digas –le dijo en un tono demasiado brusco–. No tiene importancia.

–Ah, yo creo que sí –dijo él con suavidad, agarrándola de la mano y frotándole los nudillos con el pulgar–. Hay fuego entre nosotros, pero tú no entiendes por qué… Yo tampoco, pero sí que sé cómo disfrutarlo. Y definitivamente quiero disfrutarlo.

El corazón de Faith se aceleraba con cada una de sus palabras y con el roce de su mano. El tacto de sus dedos desencadenaba una corriente que recorría cada rincón de su ser.

–No –dijo ella en un susurro, hechizada por su cautivadora mirada.

–Oh, sí. Hay demasiada química entre nosotros como para ignorarla. Esta clase de atracción no ocurre con frecuencia –añadió.

–Tú y yo estamos en bandos opuestos en esta lucha empresarial, que pronto se convertirá en una batalla. Ya hemos hablado de la enemistad entre nuestras familias, una enemistad que se remonta a muchas generaciones atrás. Creo que ésa es una muy buena razón para que nos mantengamos lejos el uno del otro.

–No estoy de acuerdo. Tú y yo somos una nueva generación. No tiene por qué haber odio y enfrentamiento entre nosotros. Esa clase de odio se enseña, pero no tiene nada que ver con nosotros. Yo puedo dejarlo atrás fácilmente. Esas viejas rencillas no significan nada para mí. Y ahora que te conozco me importa aún menos si cabe. Te puedo asegurar que a mi padre sólo le interesa el negocio en sí, y a Jeff y a mí nos trae sin cuidado la disputa entre nuestras familias.

Tienes que dejar todo eso atrás, Faith. Yo no siento ningún tipo de resentimiento hacia ti; más bien es todo lo contrario… Te deseo, Faith.

Ella sonrió y sacudió la cabeza al tiempo que retiraba la mano.

–La disputa entre nuestras familias no va a desaparecer, Noah, y no puedes ignorarla sin más. Te guste o no, tú y yo compartimos ese legado –dijo casi sin aliento.

–No me creo que realmente pienses eso. No puedo creerlo ni tampoco pensar lo mismo que tú. Mira lo que pasa cuando nos tocamos –le dijo, acariciándole la nuca y esbozando una sonrisa irónica.

Faith respiró hondo.

–Muy bien. Hay una reacción física entre nosotros, pero yo sigo pensando que no significa nada.

–Pero eso lo cambia todo. Y voy a pasarme toda la noche intentando demostrártelo.

–No te molestes… Creo que deberíamos cambiar de tema –dijo, apartándose un poco y mirando alrededor–. Tienes una banda de música en el barco –dijo, mirando a los músicos.

Había batería, un guitarrista, un violinista y también un pianista.

–Es una banda pequeña, pero así podremos bailar. También son parte de la tripulación –dijo él.

Faith se volvió hacia el mar y contempló la puesta de sol mientras se deleitaba con la música en directo.

Él se volvió hacia ella.

–Te pregunté que cómo te veías dentro de diez años. ¿Qué tal dentro de dos años? ¿Seguirás haciendo lo mismo que ahora?

Ella se encogió de hombros.

–Claro. Me gusta trabajar con mi abuelo y espero que él siga conmigo durante mucho tiempo.

–¿Y no echas de menos lo que hacías antes? Debía de ser más interesante.

Ella sacudió la cabeza.

–No, porque sé que me necesitan donde estoy. Además, aún tengo muchos años para hacer lo que quiera. Ahora mismo esto es una buena experiencia para mí.

–Por lo menos eres positiva, y eso hace que la vida sea más fácil –Noah miró hacia la banda de música–. ¿Quieres bailar?

Faith se dejó guiar, riendo, bailando, dando vueltas…

Él era increíblemente ágil y hermoso, pero era uno de los Brand.

Si hubiera sido cualquier otro…

Pero cualquier otro no habría podido pujar tanto por ella.

Se dio la vuelta y trató de ahogar las chispas que amenazaban con encender la llama de la pasión, pero fue inútil. Aquella mirada aguda y profunda… ejercía una atracción magnética sobre ella.

Él tenía razón. Había fuego entre ellos, pero eso era algo que ella no podía admitir.

El deseo palpitaba y fulguraba, cambiando cada palabra, cada mirada, cada roce de la piel…

Su fornido cuerpo, sus movimientos sensuales…

Mientras se mecía al son de la música Faith recordó su cuerpo semidesnudo, bañado por el agua del mar. Sus besos calientes, el roce de su ser…

De pronto la música cesó. Él la agarró de la mano y tiró hacia sí, y entonces ella se echó a reír, agarrándole de los brazos y palpando sus poderosos músculos.

Un instante después, levantó la vista y reparó en sus labios carnosos, listos para ser besados.

«¿Pero, qué estoy haciendo?», se preguntó, luchando contra el hechizo.

Se apartó rápidamente y justo en ese momento la música comenzó a sonar de nuevo.

Esa vez se trataba de una pieza lenta.

Noah la atrajo hacia sí una vez más.

–Si quieres les digo que vuelvan a tocar algo animado.

–A lo mejor después de este baile, pero ahora mismo prefiero bailar algo más calmado. Necesito recuperar el aliento.

–Sí, yo también lo prefiero. Me gusta tenerte así de cerca –dijo, abrasándole la mejilla con su aliento caliente–. Se te da bien bailar.

–No tan bien como a ti –dijo ella.

–Gracias, si es que te refieres a mi forma de bailar, pero, me da la sensación de que no es eso a lo que te refieres.

–Eres muy listo, Noah Brand –dijo ella, pensando que era un rival demasiado perspicaz.

Él sonrió de oreja a oreja.

–Gracias. Puede ser que sí. Sin embargo, la forma en que lo has dicho no me ha resultado muy halagadora. Sonaba como si fuera un defecto.

–Es que a veces me molesta que seas tan «listillo». Además, no me hace ninguna gracia que adivines mis pensamientos. Ni siquiera tienes una hermana, así que las mujeres no deberíamos ser tan transparentes para ti.

–Ahora sí que me siento halagado. Jamás me han dicho algo así. A lo mejor es por mi lado femenino.

Ella se echó a reír.

—Noah, tu lado femenino debe de estar tan profundamente enterrado, que no creo ni que exista. En ocasiones me extraña que no sufras una sobredosis de testosterona —dijo en un tono bromista y atrevido.

Él arqueó las cejas con un gesto de incredulidad y finalmente se sonrió.

—Supongo que conoces bien a las mujeres porque has estado con muchas y eres lo bastante listo como para averiguar lo que les gusta —añadió ella—. Bueno, creo que ya es hora de que me calle.

Los ojos de Noah emitían destellos brillantes mientras bailaban en perfecta sincronía. Era como si llevaran toda la vida bailando juntos.

—Sí. Creo que voy a abstenerme de hacer comentarios antes de oír algo que no quiera saber —dijo él—. Sin embargo, tú no te dejas impresionar tan fácilmente por muy bien que conozcas a los hombres.

Ella sonrió.

Un poco más tarde, apagaron las luces de cubierta y la pista de baile quedó sumida en la penumbra, tan sólo iluminada por algunas luces de emergencia.

—Me has hablado de tus días de universitario —dijo ella mientras tomaban una deliciosa tarta de frambuesa—. Y también de tu infancia, pero no me has hablado del presente. Eso me dice que estás demasiado involucrado en tu trabajo.

Él sacudió la cabeza, sonriendo.

—No necesariamente. Es que me gusta recordar tiempos pasados, como a ti.

—Pero mi vida no gira en torno al trabajo. Yo no soy tan ambiciosa.

—Creo que te has llevado una impresión equivocada. Este fin de semana es la prueba de que soy capaz de salir de la oficina. ¿Te apetece bailar de nuevo?

Ella asintió con la cabeza y se dejó llevar por la música lenta y romántica, entregándose a sus brazos como si no hubiera otro lugar en el mundo para ella.

Si las circunstancias hubieran sido diferentes...

Pero no.

Noah Brand era un tiburón de los negocios que no se detendría ante nada con tal de lograr su propósito y, por eso, no podía dejarse envolver en su tela de araña, por muy seductor que fuera.

–¿Lo ves? Te lo dije –dijo él–. Al mínimo contacto saltan chispas entre nosotros.

Faith levantó la vista y lo miró con ojos sedientos, hipnotizados. Apenas tenía aliento y lo único que deseaba en ese momento era sentir uno de sus besos apasionados sobre los labios.

–Muy bien. Será mejor que dejemos el tema –dijo finalmente con un tono de voz que más bien parecía una invitación.

–Cobarde –dijo él.

–Quizás –le contestó ella, usando el mismo tono ligero y acercándose un poco más.

Él la agarró con fuerza de la cintura y durante un buen rato bailaron en silencio.

–Después de este baile, les diré a los músicos que pueden marcharse. Quiero sentarme un rato, hablar, tomar una copa. ¿Te parece bien?

Unos momentos más tarde se acomodaron en una *chaise long* y se dedicaron a escuchar el murmullo de las olas que rompían contra el casco mientras disfrutaban de un delicioso margarita.

–Noah, creo que debería… –empezó a decir Faith unos momentos después.

Él se puso en pie.

–Espera un momento –dijo él suavemente, agarrándola de la cintura–. Esta noche ha sido genial, y podemos pasar más tiempo juntos mañana, así que no hay prisa por volver.

–No tenemos nada que ver, Noah. De hecho, ni siquiera deberíamos haber salido juntos.

Él esbozó una sonrisa deliciosa.

–No lo creo. Sólo se trata de pequeñas diferencias. Ya hemos hablado de eso y tú estás de acuerdo conmigo, aunque no quieras admitirlo –la agarró con más fuerza–. Faith, quiero que estés en mis brazos.

El corazón de la joven se aceleró y sus manos fueron a parar a la cintura de Noah. Él la miraba con ojos ardientes y ella se derretía bajo su mirada.

–Faith, tú también lo sientes, quieres lo que yo quiero –dijo él en un susurro, atrayéndola hacia sí.

Sucumbiendo a sus impulsos, ella cerró los ojos y buscó el beso que sabía estaba por venir.

Ya era demasiado tarde. El corazón se le salía del pecho y no había vuelta atrás. La cordura y la mesura la habían abandonado.

El beso fue arrebatador, exigente y apasionado; un beso capaz de sofocar todas las protestas y objeciones.

Enroscando los brazos alrededor de su cuello y deslizando las manos sobre su tersa piel, Faith se aferró a él y dio rienda suelta al desenfreno de la pasión.

–Noah… –dijo en un susurro cuando él le bajó la cremallera del vestido, dejándola desnuda–. Estamos en la cubierta.

–Estamos solos. No hay nadie en la cubierta –la levantó en el aire y la besó con frenesí, silenciando así sus protestas.

Y cuando Faith volvió a tocar el suelo, ya estaban en el camarote de él.

–No sabía que se pudiera desear tanto a alguien –susurró ella mientras le desabrochaba la camisa, cerrando los ojos para sentirlo todo con máxima intensidad.

Él le acariciaba los pechos, la espalda, el trasero.

Qué dulce sensación…

De pronto le desabrochó el sostén y le cubrió los pechos con las palmas de las manos, haciéndola gemir de placer, y entonces ella le quitó el cinturón y le bajó los pantalones.

Él era la perfección hecha carne; un vientre plano, unos abdominales bien definidos, tableta de chocolate…

Con la boca hecha agua, le bajó los calzoncillos al tiempo que él se quitaba los zapatos y los calcetines.

Su erección, potente y palpitante, apelaba a los instintos más primarios.

Sin dejar de mirarla ni un momento, Noah deslizó un dedo por debajo del elástico del tanga que llevaba puesto y se lo arrancó de un golpe.

Faith se arrodilló y empezó a acariciar su miembro viril, pero él apenas pudo aguantarlo y la hizo incorporarse entre jadeos.

–Déjate llevar, Faith. Déjate llevar y ámame. Nunca antes… –dijo y se detuvo de pronto, dejándola con la duda.

Ella sabía muy bien que nunca antes había disfrutado de besos como aquéllos. El corazón le latía desbocado y apenas podía recuperar el aliento. El deseo la consumía por dentro y sólo deseaba prolongar ese instante, vivir algo que sólo pasaba una vez en la vida.

Deslizó las manos sobre su cuerpo desnudo, palpando su trasero firme, sus muslos fuertes, su pectoral fornido.

–Noah, me dejas sin aliento –le dijo.

–Así soy yo, cariño –susurró él.

«Cariño…», repitió ella para sí.

Una caricia para los oídos, aunque supiera que no debía darle importancia…

Él se inclinó hacia ella y empezó a mordisquearle el pecho, deslizando la lengua sobre su pezón turgente, arrancándole gritos de placer.

La alzó en el aire, se tumbó sobre ella y, metiendo la mano entre sus piernas, comenzó a palpar el centro de su feminidad, acariciándola y acariciándola hasta que ella empezó a menearse frenéticamente contra su mano.

Y entonces, después de hacerla apoyar las piernas sobre sus hombros, la lamió una y otra vez allí donde estaba su punto más sensible.

El deseo y la necesidad más primaria los consumía por dentro.

Faith le puso los brazos alrededor del cuello y lo besó con ardor.

–¿Tienes protección? –preguntó él de pronto.

–No –susurró ella.

Él estiró el brazo y sacó unos preservativos de la mesita de noche.

–Tengo un preservativo –dijo.

Se lo puso bajo la expectante mirada de Faith y entonces, por fin, se inclinó sobre ella y la penetró con toda su potencia viril.

Ella contuvo el aliento un instante, cerró los ojos y se dejó llenar por un torrente de sensaciones.

Él entraba en su sexo lentamente, avanzando y retrocediendo; un tormento exquisito que agravaba la agonía e intensificaba el placer.

–¡Noah, te deseo! –gritó ella, tirando de él, deslizando las manos sobre su piel y memorizando la textura de su espalda musculosa y de su trasero fuerte.

La volvió a penetrar hasta lo más profundo, aumentando su gozo, y entonces ella arqueó la espalda, jadeando de placer, pidiendo más.

–Faith, eres perfecta –susurró él, colmándola de besos–. Mi amor, te deseo.

Sin apenas oír lo que acababa de decirle, empezó a moverse debajo de él con desenfreno. La tensión crecía por momentos y una avalancha de lujuria la abrasaba por dentro.

Y entonces Noah empujó con fuerza y ella recibió su embestida con pasión. Estaba cubierta de sudor, pero eso no importaba. Lo único que importaba era llegar el clímax, que ya estaba cada vez más cerca, cada vez más cerca…

Faith se dejó llevar por la marea del éxtasis, gritando con todo su ser mientras las olas del placer recorrían hasta el último átomo de su cuerpo.

–Faith, ahh… –Noah soltó el aliento con brusquedad y entonces se dejó llevar por el torrente del éxtasis, aminorando el ritmo–. Ahh, cariño… Eres increíble. La mejor, la mejor…

Los dos estaban sin aliento, sudorosos y satisfechos.

Sin embargo, Faith no creía ni una sola palabra de las que le había oído pronunciar durante el fragor del encuentro amoroso. Estaba segura de que él no tenía ni idea de lo que había dicho.

Ella, en cambio, había cruzado la línea. Había sucumbido a los encantos de un hombre que a todas luces era su enemigo.

Intentando aplacar los pensamientos turbulentos, se abrazó a él y dejó que la besara en las sienes, en las mejillas, en la boca… Y entonces le devolvió los besos.

Aunque sólo fuera durante un rato, no iba a pensar en el futuro, ni tampoco en el pasado. Lo único que importaba era el presente, estar en los brazos de Noah, el hombre más excitante que jamás había conocido.

—Eres maravillosa —le dijo él, sonriendo y sujetándole un mechón de pelo detrás de la oreja.

Rodando sobre sí mismo, se tumbó a su lado y la miró a los ojos.

—Todo ha sido perfecto —añadió—. Y quiero abrazarte durante toda la noche. Me alegro de que te hayas quedado.

—No creo haberte dado mucha guerra en ese aspecto —dijo ella.

—Puede que no, pero estabas a punto de irte hasta que nos besamos… Me alegro de haberte encontrado.

Ella le puso un dedo sobre los labios.

—Nada de hablar del mundo exterior esta noche. Eso es lo único que pido.

—Dalo por hecho… Vamos a la ducha —le dijo, incorporándose y tomándola de la mano.

Mientras el agua caliente se derramaba sobre ellos, él deslizó sus manos sobre ella y empezó a acariciarle los pechos, suscitando una respuesta instantánea.

Bastaba con una simple caricia para reavivar el deseo que latía en el interior de ella.

–Noah –susurró ella, tocándolo y sintiendo su creciente erección.

–Te deseo, Faith –dijo él, atrayéndola hacia sí y besándola con furor.

La pasión despegó en cuestión de segundos, como si nunca antes hubieran hecho el amor.

Deseándolo con desesperación y dolor, Faith se frotó contra su grueso miembro y, en unos pocos segundos, él la agarró en el aire y la llevó al dormitorio para buscar un preservativo.

–Noah, estoy empapada.

Él la hizo callar con un beso y entonces ella se olvidó de todo.

Separándole las piernas, la hizo enroscarse alrededor de su cintura y entonces empezaron a mecerse al compás de la seducción, acariciándose y amándose… hasta estremecerse de placer.

Finalmente ella se desplomó contra él y tuvo que apoyar los pies en el suelo.

–No sé si podré mantenerme en pie.

–Yo te sujetaré, siempre –dijo él.

–Estás loco –dijo ella, besándolo.

Él la cargó en brazos y la llevó a la cama.

–Noah, estamos mojados.

–No lo creo, y no me importa –dijo, tumbándose y abrazándola con idolatría–. Esto es genial, genial. Ha sido una noche perfecta, un día perfecto. Un recuerdo que jamás se borrará.

–Estoy sorprendida. El hombre de negocios se vuelve un poeta.

–A lo mejor tengo más facetas de las que te crees.

–Sé que te he infravalorado desde el principio. Estoy deseando descubrir todas esas facetas tuyas desconocidas –le dijo, bromeando y acariciándole el trasero–. ¡Oh, Dios mío! Esta faceta es inolvidable.

Él se rió a carcajadas y la besó en el cuello, rascándole el mentón con su barba de medio día. Faith soltó un grito sofocado.

–Yo aún tengo que descubrir casi todas tus facetas –le dijo de pronto, deslizando la mano sobre su trasero y metiéndola entre sus piernas.

Ella se estremeció y le agarró la muñeca.

–Noah, para. Se supone que estás muy cansado.

–No te creas –dijo él, en un tono bromista.

Ella se rió.

–Pisa el freno –le dijo, sonriendo.

–Ah, Faith, esto es maravilloso –dijo él, pensativo y complacido.

Horas más tarde, aún exhausta tras una intensa noche de pasión, Faith abrió los ojos. La luz del sol se filtraba a borbotones por las ventanas, y con ella había llegado…

La cruda realidad.

Él dormía plácidamente a su lado, así que tuvo tiempo de observarle y de pensar.

Recuerdos de la noche vivida… Problemas insalvables…

Faith recorrió su cuerpo con la mirada. Él estaba tapado hasta las caderas y uno de sus fornidos brazos estaba extendido sobre la almohada.

Poderoso y hermoso, incluso cuando estaba dormido.

La joven se humedeció los labios.

¿Qué había hecho? ¿Cómo había podido caer en

la trampa de su hechizo mágico? ¿Por qué no se había ido a casa cuando aún había tiempo?

Volvió a mirarlo y un torrente de rabia recorrió sus entrañas.

¿Cómo podía haberse rendido tan fácilmente?

Enojada consigo misma, se levantó de la cama y recogió la ropa. ¿Cómo le había dejado seducirla? La luz de la luna, los margaritas, la magia del momento… Todo había obrado en su contra.

Noah Brand era una fruta prohibida, el enemigo de su familia, de su abuelo, de su negocio. Era un hombre astuto y decidido con el que no podía dar un paso en falso.

Desde un primer momento había quedado claro que él buscaba la seducción. Lo tenía todo planeado desde que había llegado a la subasta.

Sin embargo, a pesar de saber lo que se traía entre manos, ella había caído en sus redes como una tonta.

Mientras se ponía la ropa, Faith deseó poder borrar lo ocurrido la noche anterior.

«¿Cómo he podido ser tan estúpida?», se dijo, culpándose de todo.

Recogió sus pertenencias y trató de calmarse un poco. Tenía que controlar sus emociones, pues no podía darle el gusto de verla flaquear.

A esas alturas, Noah Brand ya debía de pensar que podría manipularla a su antojo para lograr su objetivo. Para alguien como él, ella sólo era un mero instrumento, un medio para conseguir un fin.

Pero ella no estaba dispuesta a convertirse en un juguete. Ya había cometido demasiados errores con ese hombre y era hora de empezar a usar la cabeza.

Capítulo Cinco

Noah salió de la cocina del barco.

–Aquí estás. Buenos días –le dijo en un tono cálido–. Te he estado buscando.

Tratando de ignorar el atropellado palpitar de su corazón, Faith lo miró con gesto serio.

–Buenos días. He recogido mis cosas y me gustaría volver a Dallas tan pronto como sea posible –le dijo en un tono excesivamente seco.

Él arqueó las cejas y su sonrisa se desvaneció.

–¿Pasa algo?

–No. Lo siento… Si estás pensando en volver ya, o mejor, si ya vamos hacia Cozumel a buscar el avión… Siento haber sonado tan brusca –dijo ella, vacilante.

Él dio unos pasos hacia ella y la miró fijamente.

–¿Qué sucede, Faith? No pareces la misma mujer con la que estuve anoche.

Ella apretó los labios y se mantuvo firme.

–Es temprano. La noche ha terminado y, francamente, aunque eres irresistible, Noah, seguimos siendo rivales. Olvidemos lo de anoche, ¿de acuerdo?

–Ésta no es la reacción que yo esperaba –él le puso una mano sobre el hombro y ella frunció el ceño.

–Noah, creo que ya hemos hablado bastante.

–No lo suficiente –afirmó él–. La noche de ayer fue memorable y en ese momento tú también parecías feliz. Y satisfecha.

Faith trató de aplacar la rojez que le quemaba las mejillas.

—Olvida lo ocurrido, Noah —le dijo, fulminándolo con la mirada—. La noche ha terminado. Será mejor que cada uno se vaya por su lado. No has conseguido nada.

—Yo no recuerdo que quisiera conseguir nada. Disfruté mucho de tu compañía, por decirlo de alguna manera. Pasé un rato muy agradable con una mujer hermosa y seductora, y lo que ocurrió fue natural. Era algo que tú querías tanto como yo.

—Me dejé hechizar, Noah. Éste es un lugar de ensueño. Los margaritas, un paisaje arrebatador… Me dejé llevar.

—No recuerdo haberte visto beber tantos margaritas y sé muy bien que yo tampoco bebí tantos.

—Ahora ya no importa —dijo ella y echó a andar, pero él la agarró del brazo.

—Espera un momento —le dijo, obligándola a darle la cara—. Sí que importa. Cuando volvamos a Dallas quiero volver a verte.

—Rotundamente no —le espetó ella—. Noah, no vamos a tener una relación.

—No puedes decirme que te arrepientes de lo de anoche.

—Eso es exactamente lo que te estoy diciendo —dijo ella, con el corazón descontrolado—. Sé que no debes de estar acostumbrado a que te digan algo así, pero así es cómo…

Él dio un paso adelante y la hizo callar con un beso.

Ella se resistió durante un momento, empujándolo y golpeándolo en el pecho. Sin embargo, un segundo más tarde ya no fue capaz de rechazarlo más.

«No, no, no…», exclamó una voz desde un lejano rincón de su mente.

—¡No! —dijo, zafándose de él al tiempo que intentaba recuperar el aliento—. Sabes que te deseo. Como tú mismo dijiste, hay fuego entre nosotros, pero también hay un abismo que no podemos superar. No vuelvas a besarme, Noah. No lo hagas. Llévame a casa. Ya has ganado la mayoría de las batallas entre nosotros, pero no vas a salirte con la tuya. Ya tengo bastantes remordimientos, así que no empeores las cosas.

Él la miró con ojos serios.

—Creo que estás inventando problemas que no existen. Creo que lo que dices no es del todo cierto. No quieres que salga de tu vida, porque, si así fuera, no me habrías besado tal y como acabas de hacerlo. Tú sientes lo mismo que yo, Faith. Estás loca si piensas que voy a volver a Dallas y a olvidar este fin de semana. Te quiero para mí, te quiero en mi cama, Faith. Puede que no quieras entenderlo, pero sí que podemos disfrutarlo.

—He intentado decirte, de todas las maneras posibles, que no vamos a tener una relación. No quiero seguir con esta atracción… fatal —le dijo, decidida a terminar con todo aquello en ese momento—. No hay una amistad entre nosotros.

—Pero tus besos y tus palabras me dicen todo lo contrario. No me creo nada. Tienes miedo de que me apropie del negocio de tu abuelo, pero eso no tiene nada que ver con lo que pasa entre nosotros. De hecho, ya no tengo intención de comprar el negocio Cabrera y ni siquiera quiero hablar de ello, ni contigo ni con nadie de tu familia, y mucho menos con tu abuelo. Haré que Brand Enterprises desista de la idea. Tú y yo podemos tener una relación sin necesidad de pensar en los negocios. Te lo prometo.

Faith sintió un escalofrío y entonces recordó el consejo de Millie.

«… haz que se olvide de ese objetivo», pensó, recordando las palabras de su amiga.

–Ahora entiendo por qué tu padre te deja a cargo de todo, Noah. Hemos ido demasiado deprisa este fin de semana. Volvamos a Dallas y vayamos más despacio.

–Puedo hacerlo. No quiero… –dijo él con una sonrisa–. Pero lo haré, si eso es lo que quieres.

–Lo es. Ya ha habido bastantes cambios hasta este momento. Me estás presionando, Noah, pero yo no estoy preparada para tener una relación seria con un miembro de la familia Brand. No tengo más remedio que admitir que este fin de semana ha sido… especial. No puedo negarlo, pero necesitamos tomárnoslo con calma antes de volver a la rutina de la vida diaria.

Él la miró fijamente, decidido a no dejarla marchar así como así.

–Noah… –dijo ella, esquivando su mirada.

–Puedes negarlo todo el tiempo que quieras, pero todo tu cuerpo me dice lo que realmente sientes. Piénsalo, Faith. Te estás negando la posibilidad de disfrutar y de pasarlo bien a mi lado. La otra noche fue muy especial –dijo él.

Ella siguió la dirección de su mirada hasta la cama y entonces recordó los momentos que había pasado en sus brazos; sus cuerpos desnudos…

–Deja de luchar contra lo que sientes –dijo él, mirándola con ojos satisfechos y burlones–. Se te acelera el corazón. Te quedas sin aliento. Deja de luchar. Lo que hay entre nosotros es algo inusual.

–Pero estás de acuerdo conmigo en que tenemos que ir más despacio.

Él movió la mano.

–Quiero seguir viéndote. Nos iremos a casa y te daré más espacio, pero esta relación no va a terminar así. No vas a convencerme de ello.

–Muy bien. Me voy a arriba, a esperar. Por ahora, Noah, el fin de semana ha terminado –dijo, pensando en lo difícil que sería mantener su palabra.

Los dos habían conseguido lo que querían la noche anterior, pero… ¿Cuáles serían las consecuencias?

Subió a la cubierta superior, agarró un periódico y se sentó de cara al mar, acompañada de una taza de café.

Unos segundos más tarde, él se sentaría a su lado.

–Faith, por lo menos podríamos comportarnos de forma civilizada. No creo que te hayas levantando con tan mal humor esta mañana. Sin duda ayer no pasaste una mala noche.

–A lo mejor no, pero cuando desperté esta mañana la realidad me dio una bofetada en la cara. No tiene sentido seguir dándole vueltas al asunto porque ya está hecho. Yo cumplí con mi parte del trato.

Él la miró fijamente un momento y entonces se recostó contra el respaldo del asiento, tomándose el café.

–Yo sigo perteneciendo a la familia Cabrera y tú sigues siendo uno de los Brand. Lo siento, pero no puedo pasar algo así por alto. Tengo que ser precavida, Noah.

–Ya sabes lo que pienso de toda esta disputa familiar. Déjalo ya, Faith. Ayer lo hiciste. Sólo fuimos Noah y Faith. Busca lo positivo y céntrate en el presente.

–Lo intentaré, pero va a ser difícil. Mi familia valora mucho el pasado y la historia.

–¿Alguna vez has estado en España? ¿Has visitado el lugar de donde es la familia Cabrera?

–No. Me gustaría mucho ir. Y quisiera que mi abuelo me acompañara. Creo que un viaje a España sería lo único que lo sacaría del trabajo. He pensado en regalarle un viaje por Navidad.

–¿De qué parte de España es tu familia?

–Del sur, de una zona costera. Aún quedan algunos Cabrera por allí y mi abuelo mantiene correspondencia con ellos. Todavía tienen el negocio de las pieles, pero creo que sólo se dedican a fabricar aparejos de equitación, como sillas de montar, arneses, y cosas así. Nada de botas, ni cinturones, ni ropa.

–¿Nunca han pensado en unirse a vosotros?

Faith sacudió la cabeza.

–Han hablado de ello, pero no lo han hecho. Creo que todo el mundo está contento con la situación actual. A diferencia de los Brand, ellos no se han dejado consumir por la ambición y la avaricia. Mi abuelo se siente muy feliz con lo que hace.

–Es un hombre afortunado. Feliz con su trabajo, feliz con su familia. Te tiene a ti, y supongo que eso compensará un poco la pérdida de su esposa.

–Espero que sí. Sé que la echa mucho de menos –dijo Faith, pensando que Noah jamás sería capaz de entender una relación así. Él debía de ser de los que usaban a las mujeres y después las tiraban como a un juguete roto.

En cuanto volvieran a Dallas, seguramente se olvidaría de ella, excepto por lo del negocio que se traía entre manos…

Faith pasó el resto del viaje recluida en su camarote, evitándole. Sabía que se estaba perdiendo un día espléndido, unas vistas de ensueño y una comida exquisita, pero no quería estar cerca de Noah Brand.

Cuando por fin atracaron en Cozumel, él fue a buscarla y la ayudó a desembarcar su equipaje, tan galante como de costumbre. Sin embargo, ella continuó sin hablarle apenas.

–Creo que ahora vamos a sobrevolar unas pequeñas islas –le dijo, durante el viaje en avión de vuelta a Dallas–. Pensé en comprarme una, pero me di cuenta de que casi no tendría tiempo de visitarla, porque apenas uso el bote.

–Noah, «bote» es una palabra ridícula para referirse a un magnífico yate de lujo.

Él sonrió.

–Sí, yate. Flota y es muy cómodo.

–Tienes razón en lo de la isla. Seguro que sí –dijo ella, mirando por la ventanilla–. Casi nunca estarías allí. Además, una isla debe de ser un lugar muy solitario.

–No cuando se tiene la compañía adecuada –dijo él en un tono suave–. Sí que tengo una casa en la montaña, en Colorado, y Jeff también tiene una. Mi padre tenía la suya, pero la vendió hace unos años, y ninguno de nosotros la quería. Mi tío tiene una casa de campo que no está lejos de donde estamos ahora.

–Conozco a tu tío. ¿No es Shelby Brand?

–Sí. No me digas que el tío Shelby ha intentado hablar contigo y con tu abuelo.

–Sí. Habló con mi abuelo, y yo estaba presente. Entonces lo conocí.

Noah se rió a carcajadas.

–La mayoría de los Brand os han fastidiado mucho a ti y a tu abuelo. El tío Shelby y Jeff están muy unidos.

–Entonces debo entender que tú no.

–Bueno, así así. Jeff está más unido a él. Se llevan muy bien, pero yo me llevo mejor con mi padre. Jeff piensa que soy el favorito de nuestro padre, y yo creo que él es el favorito del tío Shelby. Mi padre y el tío Shelby han mantenido una gran rivalidad que deja muy pequeño lo de mi hermano y yo.

–Entonces toda tu familia es muy competitiva. Mi familia, en cambio, sólo piensa en pasarlo bien.

Él se rió y ella no pudo evitar sonreír.

–Noah, creo que vas a tener que casarte con una adicta al trabajo como tú.

–Yo no soy de los que se casan, así que no te preocupes.

Faith se dejó llevar por la conversación sobre la familia Brand y Noah le contó muchas anécdotas de su hermano y de su tío.

Aunque no quisiera admitirlo, era divertido estar con él y no podía evitar disfrutar de su compañía.

El atardecer tocaba a su fin cuando por fin la llevó a casa en coche.

–¿Por qué no cenamos juntos? –le preguntó él al detener el vehículo.

–Noah, ya sabes que no...

–De acuerdo. Entonces en otra ocasión –dijo él, cauteloso y comedido.

–Sabes que lo he pasado muy bien –dijo ella, deteniéndose junto a la puerta.

–Ya casi puedo oír el «pero» en tu voz.

–Sólo quiero proteger a mi abuelo. No quiero que se disguste. A su edad, lo último que necesita es que alguien le haga la vida imposible.

–Faith, en este momento, eso es lo último que me importa –dijo él, dando un paso adelante y besándola con frenesí.

Aquel beso la sorprendió sobremanera; tanto así que sólo fue capaz de resistirse durante unos breves instantes.

Él la desarmaba con el más leve roce de sus labios, y su propio corazón se volvía loco, loco de pasión.

Sin dejar de besarla, él le quitó la llave de la mano, abrió la puerta de la casa y entró con ella.

–¿La alarma? –le preguntó, entre jadeos.

A duras penas Faith atinó a desconectar el sistema de alarma.

–Noah, espera…

Pero él la hizo callar con sus besos y, una vez más, Faith no tuvo más remedio que aferrarse a él y dejarse llevar por el furor del más profundo deseo, levantando un poco una pierna para darle acceso a la cara interna de sus muslos.

Sin embargo, pronto recordó que no podían seguir adelante con aquello y, empujándolo en el pecho, retrocedió.

–No. No podemos seguir con esto –le dijo, con la voz entrecortada.

–Lo deseas tanto como yo –susurró él, besándola en el cuello y desabrochándole los botones de la camisa.

Faith gimió al sentir su aliento caliente sobre los pezones.

—Noah, para.

Él dejó de besarla de inmediato y la miró a los ojos.

—Paro, pero una parte de ti lo desea tanto como yo —dijo él, mirándola con los ojos nublados por el deseo—. Hemos disfrutado mucho juntos, Faith. Sabes que es verdad. Todo el fin de semana ha sido… espectacular. Y nunca me arrepentiré de ello.

—Sabes que lo pasé muy bien el sábado —dijo ella, intentando recobrar la compostura y arreglándose la blusa—. Noah, todo ha ido demasiado deprisa. Tengo que tomarme un respiro. Pongamos algo de espacio y tiempo entre nosotros, a ver qué pasa. De lo contrario, podríamos precipitarnos hacia una relación superficial, sobre todo teniendo en cuenta los antecedentes familiares.

—No me puedo creer que quieras que me marche sin más.

—No quiero que nos veamos constantemente. Esta relación va a la velocidad de la luz. Frena un poco.

—Frenaré un poco… —dijo él, acariciándole el cuello—. No nos veremos constantemente, pero sí con frecuencia.

Ella sacudió la cabeza.

—Eres imposible —susurró ella, mirándole los labios.

Él le dejó el equipaje en el vestíbulo y, dando media vuelta, regresó al coche.

Después de cerrar la puerta, Faith se dejó caer contra ella, exhausta. Añoraba tanto sus besos.

—Podrías hacerme caer en un nido de serpientes, Noah Brand —dijo en voz alta, dejándose llevar por sentimientos de rabia consigo misma.

Tomó las bolsas del equipaje y se fue a su habitación.

Al día siguiente tendría que ir a la oficina y dar muchas explicaciones, sobre todo a Angie, que sin duda le haría más de una pregunta para después contárselo todo a su abuelo.

Sin embargo, aún estaba por ver si había perdido la batalla con Noah. ¿Se daría por vencido y desistiría de sus planes de hacerse con la empresa Cabrera?

En lo referente a la seducción, sin duda había ganado con creces.

Faith se detuvo ante el espejo.

–¿Por qué he sido tan estúpida, ayer y hoy?

Conocía muy bien la respuesta, pero todavía estaba molesta por haber dejado que el sexo y el magnetismo de un hombre apuesto arrasaran con su determinación y sus principios.

–¿Cuándo voy a aprender?

Después de desempacar, lavar la ropa y prepararlo todo para el día siguiente, se sentó a revisar unos libros de cuentas y no se fue a la cama hasta las dos de la mañana.

Sin embargo, nada más acostarse se dio cuenta de que era incapaz de dormir y después de veinte minutos de agitadas vueltas, regresó al escritorio.

Después de hacer una llamada el lunes por la mañana, Noah se distrajo mirando por la ventana. Acababa de decirle al vicedirector de marketing que desde ese momento se ocuparía del asunto Cabrera personalmente.

Aún tenía intención de mantener la promesa que

le había hecho a Faith. Tenerla en su vida era mucho más importante que hacerse con la empresa de su abuelo y no estaba dispuesto a dejarla ir así como así por culpa de una absurda disputa familiar.

De pronto sonó su teléfono privado.

–¿Qué tal el fin de semana? –le preguntó Jeff cuando contestó–. ¿Mereció la pena la subasta?

Noah se echó a reír.

–Fue una ganga teniendo en cuenta el fin de semana que he pasado.

–Vaya. Entonces sí que lo pasaste bien con la chica Cabrera, ¿no?

–Ya lo creo. Confío en que no le digas nada a nuestro padre. Le dije a ella que dejaría de intentar hacerme con la empresa de su familia mientras nos siguiéramos viendo.

–Creo que debería sentarme. Estoy impresionado. ¿Y cómo piensas hacerlo?

–Ya sabes quién dirige Brand ahora mismo.

–Entonces supongo que puedes hacer lo que quieras. ¿De verdad vas a mantener tu promesa? –le preguntó Jeff.

–Desde luego. Lo demás no es tan importante.

–¡Esto es increíble! Ahora sí que tengo que sentarme hasta que se me pasé la conmoción cerebral –dijo Jeff, bromeando–. ¿De verdad estoy hablando con mi hermano?

–No seas tan bocazas, Jeff. Tampoco es para tanto. Ya sabemos que los Cabrera siempre han rechazado nuestras ofertas.

–Cierto. Así que no has perdido nada.

–Nada en absoluto.

–Y ahora tienes la posibilidad de seguir viendo a la

chica. Nunca pensé que vería el día en que irías detrás de una mujer.

—Creo que tú eres es el que más encaja en esa descripción.

—¿Y entonces quién se va a vivir con quién?

—Nadie, de momento. Ella quiere ir más despacio.

Jeff se echó a reír.

—Bueno, bueno… Otra sorpresa. Pero es una Cabrera y probablemente no se fíe de ti igual que un ratón no se fía de un gato hambriento.

—Haré lo que he dicho que haré. ¿Qué tal todo en el rancho? —preguntó Noah con la esperanza de cambiar el tema.

—Bien, con los problemas de siempre, pero sin importancia. Lo peor es el tiempo que hace. El calor es insoportable y no nos vendría mal algo de lluvia.

—¿Cuándo vendrás a la ciudad?

—Ya te lo diré. ¿Todo bien con mamá y papá?

—Sí, y él lleva tiempo sin pasarse por la oficina, lo cual está muy bien.

Noah se despidió de su hermano, colgó el teléfono y se quedó mirándolo, pensativo. Deseaba mucho volver a verla, tenerla en sus brazos, en su cama…

Volvió a agarrar el teléfono para llamarla a su casa, pero entonces retiró la mano.

Esperaría un poco antes de llamarla.

A esa hora ya debía de estar en el trabajo.

El jueves por la tarde Emilio Cabrera pasó por el despacho de su nieta para hablar de un pedido de una silla de montar y, finalmente, la conversación derivó hacia el tema del fin de semana.

–¿Y qué tal se vendieron nuestras botas en la subasta del sábado?

Al oírle, Faith dejó de hacer anotaciones en el pedido y levantó la vista. Sabía que ese momento tenía que llegar, tarde o temprano.

–Iba a decírtelo. Según Angie, hasta el momento hemos recibido nueve pedidos para las botas que fueron exhibidas esa noche. Espero que aún recibamos muchos más. Hemos vendido una docena de cinturones hechos a medida y dos trajes como el que yo llevaba. Y eso sin contar las ventas de botas y cinturones en los grandes almacenes locales y en otros puntos de ventas.

–Entonces mereció la pena. Espero que lo hayas pasado bien. ¿Hank pujó por ti?

–Sí. Pero… no fue el que más pujó. Debería haberlo visto venir, pero Noah Brand ganó la puja y pasé la noche del sábado con él. Por lo menos estuvo de acuerdo conmigo en no tocar el tema de los negocios y no me habló de ello en toda la velada.

Los ojos oscuros de Emilio Cabrera, siempre indescifrables, no revelaron reacción alguna durante unos interminables segundos.

Faith casi nunca era capaz de adivinar sus pensamientos.

–Tenías que salir con uno de los Brand –dijo de repente y apretó los puños. Era como si no hablara con ella, sino consigo mismo.

–Abuelo…

–No fue culpa tuya. Los Brand son capaces de hacer cualquier cosa para hacernos la vida imposible. Se empeñó en ganar la puja para que te vieras obligada a salir con él –sacudió la cabeza–. Esa familia es de la peor calaña.

–Por favor, no te preocupes. El fin de semana ha terminado.

Él levantó la vista y la miró fijamente.

–¿Y?

–¿Y qué? –preguntó ella, sonriendo.

–¿Lo pasaste bien? ¿Vas a volver a verlo?

–Lo pasé bien, pero no creo que vuelva a verlo. He intentado desalentarlo y creo que no volverá a insistir. Sospecho que no está acostumbrado a que una mujer lo rechace. Sin embargo, no me mostré demasiado hostil porque me dijo que iba a desistir de comprar nuestra empresa.

–No te lo creas, Faith.

–Lo sé. Soy consciente de que seguimos siendo rivales en el mundo de los negocios, así que ¿qué sentido tiene que nos sigamos viendo?

Emilio sacudió la cabeza.

–Eso depende, Faith. ¿Quieres volver a verlo?

–No puedo olvidar que es uno de los Brand, así que la cosa no tendría ningún futuro.

–Podría tenerlo. Yo podría ocuparme de los Brand en el terreno de los negocios. Así te quitaría ese peso de encima. No me importa hacerlo. Llevo toda la vida diciéndoles que no. Tanto a Knox, como a su padre, y en una ocasión incluso a su hermano Shelby. Creo que Shelby me gustó más que los otros. No era tan altivo y arrogante.

Ella sonrió.

–No. No tienes que preocuparte de los Brand, abuelo. A lo mejor por fin se han dado cuenta de que no queremos vender.

–Ésos no son de los que se rinden. ¿Te ha llamado desde que volvisteis?

–No.

–Entonces quizás no lo hayas pasado tan bien con él como dices. Me dijiste que Hank también había pujado, así que, con los dos, ¿recaudasteis mucho dinero?

–Creo que sí. Fue una suma muy grande.

Su abuelo se echó a reír.

–Fuera lo que fuera, fue poco para lo que tú vales, pero, si fue a parar a una organización benéfica, entonces es dinero bien empleado. ¿Te hizo pasarlo bien?

–Sí –dijo Faith. Ése era el momento de hablarle del yate, pero era mejor dejarlo pasar–. Creo que ya no volveré a ver a Noah Brand. Por lo menos hasta que vuelva a aparecer para hablar de negocios.

–Bueno, si no te importa, yo lo prefiero así. Voy a seguir con lo que estaba haciendo. ¿Te apetece salir a cenar con tu abuelo esta noche?

–Me encantaría –dijo ella, sonriendo.

Él le devolvió la sonrisa.

–Vendré a buscarte a las cinco y media. Yo tengo que acostarme pronto y tú trabajas hasta muy tarde.

Faith se echó a reír y trató de volver al trabajo, pero era imposible concentrarse en las cifras impresas en el papel. La sonrisa contagiosa de Noah Brand y su musculoso cuerpo la atormentaban sin cesar.

¿Cuánto tiempo tendría que pasar hasta que pudiera sacarle de sus pensamientos?

Capítulo Seis

Noah se pasó la mano por el cabello, soltó el bolígrafo y miró el teléfono. Faith estaba ahí fuera, no muy lejos…

Ella quería espacio y tiempo, pero a lo mejor sólo se trataba de una elegante estrategia para librarse de él de una vez y por todas.

Tenía que olvidarla y seguir adelante, pero no era capaz.

Después de repasar todas sus opciones una y otra vez, sólo veía dos posibilidades: podía llamarla o ir a verla, pero…

Ella le había dicho que no quería verlo.

—Noah, ¿estás ocupado?

Su tío Shelby estaba apoyado contra la puerta.

—Entra, tío Shelby. ¿Qué estás haciendo en Dallas?

—Tengo que venir de vez en cuando, aunque no me gusta tener que dejar Londres. Llevas mucho tiempo sin ir por allí.

—He tenido demasiado trabajo, pero ya sabes que si voy a Londres, serás el primero en enterarte.

Shelby avanzó hacia él y se sentó en una silla forrada en cuero.

—¿Qué tal el sábado con la nieta de Cabrera?

—Ya veo que las noticias vuelan. Mi hermano, ¿no? Él te lo dijo.

—La cuestión es… ¿La convenciste para que te consiguiera una entrevista con su abuelito? –le preguntó su tío con ironía.

–No. No fue una entrevista de negocios. Evitamos ese tema.

–No se lo digas a tu padre. No obstante, ha sido una maniobra muy inteligente, lo de tomárselo con calma. Supongo que lo pasasteis muy bien tú y la señorita.

–Así es. Claro que… sólo puedo hablar por mí.

–Bueno, conociendo a tu padre, te caerá encima para que vuelvas a salir con ella. He oído que Jeff se ofreció a ir en tu lugar –dijo Shelby, con ojos destellantes.

–No me extraña. Es una mujer espectacular.

Shelby se echó a reír.

–Puedes casarte con ella y conseguir el premio de tu padre.

Noah sonrió.

–Creo que no –dijo–. ¿Cuánto tiempo estarás aquí?

–Sólo vine a la fiesta de tu padre y a terminar algunas cosas pendientes. Me voy mañana.

–No te quedaste mucho en la fiesta –dijo Noah, preguntándose cuál era el verdadero motivo de la visita de su tío.

–Le deseé un feliz cumpleaños. Bueno, no te entretengo más. Sé que estás ocupado. Me alegro de verte, Noah. Ven a verme a Londres.

–Lo haré, dentro de un par de meses –dijo Noah, recordando que el viaje ya estaba programado para esas fechas.

En cuanto Shelby se fue, la duda y la indecisión volvieron a apoderarse de Noah. ¿Acaso debía llamar a Faith?

Él nunca se había puesto así por una mujer.

«Llama a otra y olvídate de ella», se dijo a sí mismo, agarrando el teléfono.

–¿Ha venido Shelby? –dijo su padre de pronto, entrando por la puerta.

–Sí, señor. Ha venido y se ha ido. Sólo se pasó pasa saludarme.

–Quería hablar con él, pero lo llamaré por teléfono. ¿Qué has decidido respecto a la cadena Reydon? ¿Vas a dejar que se ocupen de nuestros muebles? ¿Qué recomiendas?

–Tengo las cifras y los informes y, si te corre prisa, diría que sí, pero, tal y como están las cosas, creo que son un riesgo que no podemos asumir ahora. Ellos no llevan productos de máxima calidad, así que no deberíamos mezclar la marca con otras de menor categoría y prestigio. Voy a decirles que no.

Su padre asintió.

–Ésa es una buena razón. No he tenido ocasión de hablar contigo desde el fin de semana. ¿Cómo fueron las cosas?

–Bueno, declaramos una tregua y yo no saqué el tema de la oferta.

–De acuerdo. Eso está bien si estás tratando de ablandarla. ¿La has vuelto a ver?

–No, desde el fin de semana.

–Bueno, no lo dejes pasar y sigue en contacto con ella. La tendrás comiendo de tu mano dentro de muy poco.

Noah no tuvo más remedio que sonreír.

–Ya veremos, papá. Todavía tengo que conseguir que el abuelo me escuche. Él tiene la mayor parte de la empresa, si no es dueño de todo.

–Si ella te escucha, él lo hará. Maldito viejo testarudo –Knox se puso en pie–. Si Shelby vuelve a venir por aquí, dile que venga a verme. Lo llamaré a su teléfono móvil.

—Claro, papá —dijo Noah y esperó a que se marchara antes de volver a descolgar el teléfono.

Faith trabajó hasta muy tarde el viernes. Eran más de las seis cuando salió del despacho.

El señor Porter, el vigilante nocturno, no estaba por allí, pero el coche de Noah estaba aparcado junto al suyo.

Él bajó del vehículo al verla salir.

—¿Cómo sabías a qué hora iba a salir hoy? —le preguntó ella.

—En realidad llevo aquí un buen rato y he tenido que darle explicaciones al vigilante. Tenía algo de trabajo que hacer mientras esperaba.

—¿Es así como entiendes lo de darnos un respiro? —le preguntó ella, exasperada.

Él avanzó hacia ella y esbozó su sonrisa seductora de siempre.

—No parece que lleves todo el día trabajando. Pensé que podría convencerte para que cenaras conmigo. Tienes que comer algo. Conozco un sitio que hace una comida digna del mejor de los Cabrera, la mejor paella de este lado del Atlántico.

Ella no tuvo más remedio que sonreír, sacudiendo la cabeza.

—Vamos. Puedes protestar todo lo que quieras después de probar la paella —dijo él, agarrándola del brazo y conduciéndola al coche.

—Noah, estás demasiado seguro de ti mismo. ¿Qué esperas conseguir haciendo esto?

–Espero disfrutar de una cena contigo –le cerró la puerta del acompañante, sin dejarla terminar la frase y fue hacia el lado del conductor.

–Sólo estás posponiendo el inevitable desenlace.

–¿Y por qué tenemos que preocuparnos por esas cosas? ¿Por qué preocuparse por problemas que a lo mejor nunca llegan? Mientras tanto, aquí estamos, los dos juntos. Tenía ganas de verte y… Disfrutemos del momento.

Ella volvió a reír.

–Eres incorregible. Apuesto a que tus profesores te adoraban. Seguro que los tenías a todos encantados cuando eras un niño.

–Sí que me llevaba bien con ellos –dijo él, haciéndola sentir como si su día gris se hubiera vuelto multicolor de repente–. Mis profesores me adoraban y yo era un estudiante adorable.

–Y egocéntrico también, ¿no?

Él sonrió de oreja a oreja y la besó en el dorso de la mano.

–Mucho mejor así. Te he echado de menos.

Después de una repentina avalancha de placer, Faith no tuvo más remedio que recordar que no podía bajar la guardia. Debajo de todo aquel derroche de carisma, sonrisas y atenciones acechaba un implacable hombre de negocios con un solo objetivo que no era disfrutar de una cena.

El reloj casi marcaba las doce de la noche cuando salieron del restaurante. Después de ir a buscar el coche de Faith, Noah la siguió a casa y la acompañó hasta la puerta.

–Vendré a buscarte mañana para desayunar –le dijo antes de marcharse.

–Noah, no... Es demasiado.

–Te deseo, Faith. Te quiero en mis brazos, en mi cama –le susurró.

–Pero eso no va a ocurrir. Ya te lo dije. Necesito tiempo –dijo ella, dando media vuelta.

Él la agarró de la mano y la hizo detenerse con un beso arrebatador que la estremeció de pies a cabeza.

En algún momento indefinido entraron en la casa y él empezó a tirarle de la blusa y a acariciarle los pechos.

Faith gemía de placer.

–Noah, espera... –dijo, empujándole en el pecho y apagando la alarma–. No. No vamos a acostarnos juntos –le dijo, frenándole con una mano–. No voy a pasar por otra tormenta emocional. No esta noche –añadió, apenas capaz de recuperar el aliento.

Él le acarició el cuello y deslizó la mano hasta sus duros pechos, pero ella se la agarró en el aire y negó con la cabeza.

–Ah, Faith. No seas así. Te deseo.

–Adiós, Noah. Gracias por la cena –dijo ella, haciendo acopio de toda su fuerza de voluntad.

Cerró la puerta y se fue a su habitación. La oscuridad de una noche cerrada se colaba por la ventana.

De repente sonó el teléfono.

Era él.

–Pensé que podría charlar un rato más contigo de esta forma –le dijo.

–Noah, ¿te das cuenta de qué hora es?

–¿Y eso qué importa? –le preguntó él en un tono divertido.

–Sí que importa porque mañana apenas podré mantener los ojos abiertos.

–¿Quieres que vaya a arroparte? –le pregunto en un tono sugerente.

–Adiós, Noah.

–Mejor será que me dejes ir ahora. La semana que viene me voy a Japón y no sabrás nada de mí durante mucho tiempo.

–Te echaré de menos –le dijo ella en un tono jocoso–. Esta vez va en serio. Adiós –dijo y cortó la comunicación.

Unos minutos después recibió un mensaje de texto en el móvil.

–Vete a dormir, Noah –le contestó y se metió en la cama.

–Lo haría si estuvieras aquí –contestó él.

Faith sonrió y suspiró.

Era tan fácil enamorarse de él…

El sonido del teléfono la hizo despertarse de nuevo. Era Millie.

–Hola –le dijo, todavía algo adormilada.

–¡Hola, Faith!

–¿Qué tal el fin de semana con Noah Brand? –le preguntó en un tono de intriga.

–Bien, muy bien. Lo pasamos bien.

–Me alegro mucho, Faith. Y siento un gran alivio. Tenía miedo de que las cosas se torcieran. ¿Estáis saliendo?

–Algo así –dijo Faith con reticencia–. Él lo tiene muy claro. Pero de todos modos no habría sido culpa tuya si lo hubiéramos pasado mal. No sabías que la entrada terminaría en manos de Noah Brand.

–A lo mejor no, pero me habría preocupado de todas formas. Si lo pasaste bien con Noah, entonces deberías dejar de preocuparte de los negocios. Además, tu abuelo sabe cómo mantener a raya a los Brand.

–Puede que te interese saber que seguí tu consejo y le hice olvidar los negocios. Y al final me dijo que iba a desistir de sus planes de adquirir la empresa de mi abuelo.

–Increíble –dijo Millie.

–No tengo prisa por consolidar una relación, pero, ahora mismo, Noah está en mi vida.

–Y eso es aún más increíble –exclamó Millie–. Así puedo dejar de sentirme culpable por lo de la entrada.

–Desde luego que sí –dijo Faith–. ¿Y tú qué tal?

Millie le contó las últimas novedades en su vida y Faith la escuchó con atención. Era un alivio haber dejado atrás el tema de Noah.

–Bueno, Millie, me alegro de que las cosas te vayan bien. Ahora tengo que dejarte, pero te llamaré pronto.

–Relájate y disfruta de él –le dijo su amiga–. Cualquier mujer de la ciudad daría cualquier cosa por estar en tu lugar.

Faith sonrió y se despidió de Millie.

El siete de abril, Faith comenzó a alarmarse. Llevaba muchos días sintiendo náuseas por las mañanas y el periodo se le estaba retrasando.

El viernes, todavía mareada, miró el calendario. Noah había usado protección, pero las garantías nunca eran absolutas.

Algo preocupada, fue a comprar un test de embarazo y se fue a casa para usarlo.

«No puede ser…», se dijo a sí misma, mirando el resultado.

Estaba esperando un hijo de Noah Brand.

Su planes de futuro se esfumaron en un abrir y cerrar de ojos. Iba tener un bebé, el bebé de Noah…

Con la mirada perdida en el vacío, Faith se quedó inmóvil durante unos segundos, incapaz de pensar con claridad.

La furia fue el primer sentimiento que se apoderó de ella. Noah podía usar al bebé para ejercer control sobre ella y sobre su abuelo.

De repente sintió un miedo terrible. Si se casaban entonces él acabaría apropiándose del negocio más tarde o más temprano.

«No. No puedo casarme con él bajo ningún concepto…», pensó para sí.

–Mi abuelo jamás lo aceptará –se dijo en voz alta–. Dios mío, voy a tener un hijo de Noah Brand. Mi vida va a estar unida a la de los Brand de ahora en adelante. Dios… –desesperada, se llevó las manos a la cabeza y lloró desconsoladamente.

Un rato más tarde, se lavó la cara y llamó a su médico para concertar una cita. Por suerte, el ginecólogo la pudo recibir esa misma tarde y entonces ya no quedó la más mínima duda.

Estaba embarazada de Noah Brand…

–Cierra la puerta, Angie, tengo que hablar contigo.

Faith llevaba toda la semana esperando el momento apropiado para hablar con Angie. Ella era la persona en la que más confiaba en el trabajo y tenía que decírselo antes de que empezara a sospechar.

–Me preguntaba cuándo ibas a hacerlo –dijo Angie, sentándose delante.

Sorprendida, Faith la miró fijamente.

–Ya lo has adivinado.

–Sí. Una de mis hermanas pequeñas tuvo a sus dos hijos cuando todavía vivía en casa.

–Estoy muy sorprendida, Angie. Tardé demasiado tiempo en darme cuenta. Yo he tenido cerca a mis tías, pero supongo que no prestaba mucha atención cuando pasaron por ello.

–Tienes náuseas por las mañanas. Pero, por lo demás, ¿te encuentras bien, Faith?

–Físicamente, sí. Pero todavía no me lo creo. Este embarazo no estaba entre mis planes. Tengo que decírselo al abuelo. Tú eres la primera persona a quien se lo digo. Y tengo la sensación de que no va ser tan fácil decírselo a él.

–Tu abuelo es una persona cabal. Nunca le he visto perder la ecuanimidad. Pero, si puedo hacer algo por ti, sólo tienes que decirlo.

–El padre no lo sabe y no quiero que se entere de momento. Si se entera las cosas pueden ir a peor.

–Entonces es Noah Brand. Vaya... Me figuraba que tenía que ser él. Llevo mucho tiempo sin ver a Hank. Pero vosotros nunca habéis sido nada más que amigos, ¿verdad?

–Sí, pero no quiero que Noah lo sepa de momento.

–Sólo recuerda una cosa. Tienes amigos, familia... No estás sola en esto.

–Lo sé. Es que no era lo que yo había planeado. Creo que hoy me voy a ir a casa pronto. Le voy a decir al abuelo que me voy a casa.

–Claro. Yo me ocuparé de todo por aquí y, te desviaré las llamadas al móvil si es algo realmente importante.

–Muchas gracias por todo, Angie.

–Cuando quieras hablar, aquí estoy –dijo la secretaria y sonrió.

Faith le devolvió la sonrisa.

Una vez sola, miró el reloj. Eran más de las cuatro.

Llamó a Noah y le dijo que tenía algunas cosas que hacer.

No quería verle ese día.

A la luz de un cálido sol de primavera, Faith subió al coche y se fue a su casa.

Esa noche iba a cenar con su abuelo y tenía que contárselo todo.

Después de la cena, Faith y su abuelo fueron a sentarse en la sala de estar. Ella había crecido en aquella casa y cada rincón estaba lleno de dulces recuerdos de su infancia.

En las estanterías había varias fotos suyas de cuando era niña, y también viejos libros que su abuela solía leerle en voz alta.

Faith sonrió para sí y miró a su abuelo.

Tenía puestas sus zapatillas de estar en casa y la miraba con una sonrisa desde su sillón.

–Tengo algo que contarte, abuelo –dijo ella, sentándose a su lado y tomándolo de la mano.

–Espero que sean buenas noticias. Tienen que serlo –dijo él, mirándola con mucha atención–. No parece que estés triste.

–Es alto inesperado y me ha llevado unos cuantos días hacerme a la idea. Quería meditar bien las cosas antes de contártelo. Espero que no te enojes conmigo.

–¿Enojarme contigo? Claro que no. Mira, cariño, si quieren que vuelvas a tu antiguo trabajo, podemos arreglárnoslas.

Ella sonrió, le dio una palmadita en la mano y sacudió la cabeza.

–No, abuelo. No me han llamado, pero, aunque lo hicieran, no querría volver con ellos. Soy feliz aquí.

–Bueno, ahora sí que has despertado mi curiosidad. Dejaré de hacer conjeturas y te dejaré hablar.

–A lo mejor deberías beber un poco más de vino.

Esa vez fue él quien sonrió.

–¿Tan malo es?

–Vas a ser bisabuelo –dijo ella, conteniendo el aliento y esperando a ver su reacción.

–Creo que sí necesito beber algo más –dijo él, frunciendo el ceño y mirándola con gesto pensativo–. ¿Las campanas de boda van a sonar próximamente?

Ella sacudió la cabeza.

–No. Este bebé ha sido toda una sorpresa. Pero creo que podré arreglármelas si estás conmigo.

–Bueno, desde luego que sí –dijo él, poniendo la bebida sobre la mesa y abrazándola con mucho cariño–. ¡Claro que puedes contar conmigo! ¡Bisabuelo! –la soltó y entonces volvió a mirarla con ojos inquisitivos–. ¿Y qué tal te encuentras?

–Tengo algo de náuseas por las mañanas, pero el médico me ha dicho que se me quitarán pronto. Por lo demás, estoy bien. Me llevé una gran sorpresa porque no lo esperaba, pero ya estoy empezando a hacerme a la idea. Como he dicho, te tengo a ti y creo que estaré bien.

–Puedes venirte a vivir conmigo si quieres.

Ella sonrió y volvió abrazarlo.

–Gracias. Te agradezco tu oferta, pero no creo que quieras tener a un bebé llorando a todas horas en casa.

–¿Crees que no estoy acostumbrado? Estaría encantado de teneros aquí a los dos. Puedes mudarte cuando quieras, aunque sólo sea por unos meses.

–Gracias, abuelo –dijo ella, volviéndose a sentar en la silla–. Te quiero mucho. Sabía que podría contar contigo.

–¿Pero cómo es que no hay campanas de boda? ¿El padre lo sabe?

–No lo sabe. Quería decírtelo a ti antes. Creo que va a ser mucho más difícil para ti.

Él la miró fijamente.

–Maldita sea. Es Noah Brand, ¿verdad?

–Sí.

–Creo que es el único hombre con el que has salido últimamente. Maldita sea. Ni siquiera lo conocías antes de la subasta. Acabas de entregarle nuestro negocio en bandeja de plata –dijo, golpeando el brazo de la silla con la mano.

–Eso no pasará, abuelo.

–Más le vale casarse contigo y darle un apellido al bebé.

–No voy a casarme con él. Nuestras familias nunca se han llevado bien. Tú no puedes ver a los Brand ni ellos a nosotros.

Emilio Cabrera se puso en pie, fue hacia la repisa del hogar y le dio otro sorbo a la bebida.

–Esto no me gusta nada, pero creo que deberías casarte, Faith. También es su responsabilidad. Él tiene que darle su apellido y ocuparse de él.

–Lo tendré en cuenta –dijo Faith, esperando que fuera suficiente para su abuelo.

–Quiero hablar con él. En ausencia de tu padre, creo que es mi responsabilidad.

–No, no… –dijo ella, frotándose la frente y sintiendo cómo se le agarrotaba el estómago–. Que insistas en que se case conmigo no es lo que deseo. Por favor, déjamelo a mí, abuelo –dijo, arrepintiéndose de haberle revelado el nombre del padre.

–Faith, va a casarse contigo.

–Abuelo… –dijo ella, cada vez más nerviosa–. Por favor, los tiempos han cambiado. Las mujeres tienen hijos sin necesidad de casarse…

–No en mi familia –dijo él, algo molesto.

–Sólo te pido que esperes un poco. Dame algo de tiempo para ocuparme de Noah. Tenemos nueve meses, casi un año, así que no tengo por qué precipitarme. Por favor, hazlo por mí. Prométeme que vas a esperar y a dejar que me ocupe yo. Te lo ruego.

Él la miró fijamente, dejó la bebida sobre la repisa, fue hacia ella y le puso las manos sobre los hombros.

–Deja de preocuparte. Lo último que quiero es verte sufrir. Esperaré un poco, lo prometo, pero más le vale mantenerse fuera de mi vista.

–No hagas nada precipitado, abuelo. No quiero que Noah me proponga matrimonio para complacerte. No hay amor entre nosotros. Sólo fue un romance de fin de semana, pero no estamos enamorados. Y yo quiero casarme por amor.

–Mira, Faith. Puede que yo ya esté un poco anticuado, pero ésta es una familia de valores y el padre de este bebé debería reconocerlo y ocuparse de él.

–Sólo dame algo de tiempo para hablar con Noah. Yo no quería que esto ocurriera.

–Te daré el tiempo que me pides.

–Muchas gracias, abuelo –dijo Faith, aliviada.

–Deja de preocuparte. Yo te quiero muchísimo y quiero lo mejor para ti.

–Gracias de nuevo, abuelo. Yo necesito todo el amor que puedas darme, no necesito más problemas.

–Se lo diré a tu abuela esta noche cuando rece mis oraciones. Y a tus tías les encantan los niños y a sus hijos también, así que no estarás sola. Pero, bueno, yo sé que tú sabes cuidar muy bien de ti misma.

–Sí, abuelo, y estoy bien. Me voy a casa –le dijo, al darse cuenta de que ya había llegado la hora de acostarse para su abuelo–. Es tarde… Ahora me canso más fácilmente y tú también debes de estar cansado.

Él la acompañó a la puerta y la despidió con un beso en la mejilla y con un sentido abrazo.

«Acabas de entregarle nuestro negocio en bandeja de plata…», pensó Faith, recordando las palabras de su abuelo de camino a casa.

«Yo no soy de los que se casan…».

Un escalofrío recorrió su cuerpo de pies a cabeza.

Cuando Faith salió de la oficina el lunes por la tarde, Noah la estaba esperando en el aparcamiento.

Al verlo allí parado, la joven respiró hondo y se preparó para lo que estaba por venir.

–Te he echado de menos –dijo él, yendo hacia ella para darle un beso.

Ella se lo devolvió con frialdad.

–Esto es un poco peligroso. El señor Porter se da varios paseos por aquí mientras patrulla la zona, pero cuando no está por aquí, este lugar es un poco solitario. Podrían atracarnos en un abrir y cerrar de ojos –dijo ella.

–Si es así, no deberías salir sola. Me sorprende que tu abuelo te deje irte sola.

–Cree que salgo a las cinco y media.

Noah le abrió la puerta del pasajero de su deportivo, pero ella le enseñó las llaves de su coche y las sacudió con énfasis.

–Creo que me iré en mi coche. Mañana voy a tener un día muy ajetreado.

–No seas ridícula. Puedo llevarte al trabajo a tiempo –dijo él, sonriendo y agarrándola del brazo–. Vamos.

–Noah, ¿es que no entiendes la palabra «no»?

–Claro que la entiendo, pero no me gusta –dijo, sin soltarla, llevándola hacia su propio coche.

Faith entró al vehículo y le observó mientras rodeaba el capó para subir por el lado del conductor.

Vestido con un traje de color negro, Noah Brand estaba impresionante, tan apuesto e imponente como siempre, y arrebatadoramente sexy.

El hombre perfecto en muchos aspectos...

Un candidato perfecto para ser el padre de su bebé.

Él se sentó a su lado, giró la llave del contacto y la miró un instante. Sus ojos agudos e impasibles veían a través de ella.

Algo inquieta, Faith levantó la cabeza.

–¿Qué? –le preguntó–. ¿A qué esperas? –le espetó en un tono injustificadamente áspero.

–Me estás mirando como si fuera un bicho bajo la lente de un microscopio –dijo él–. Creo que debería ser yo quien preguntara «¿Qué?».

Ella le puso una mano sobre la rodilla para distraerle.

–No seas tonto. ¿Vamos a comprar algo de comer y cenamos en mi apartamento? Una cena íntima…

–Ésa es la mejor idea que he oído en todo el día. ¿Qué tal unas costillas? Conozco un sitio donde hacen la mejor barbacoa.

–Muy bien.

Como siempre, sus indescifrables ojos grises no revelaban emoción alguna y Faith se sentía cada vez más incómoda.

Al intentar retirar la mano, él se la agarró y volvió a ponerla sobre su propia rodilla.

–Así mejor.

–Sólo quería captar tu atención –dijo ella, intentando retirarla de nuevo.

Él volvió a agarrarla.

–Noah, pon las dos manos en el volante. Estás conduciendo.

–El semáforo está en rojo. Cuando se ponga verde, seré un conductor modelo –dijo, acariciándole el muslo y despertando su deseo.

–Ya se ha puesto verde, así que deja de jugar conmigo.

–Ah, entonces te has dado cuenta. A lo mejor podemos hacer algo para aliviar ese mal humor tuyo. No creo que sea tan malo como el mío –dijo, volviendo a agarrar el volante con ambas manos.

–Esta noche te voy a deleitar con algo de historia familiar sobre los Cabrera. ¿Quieres conocerlos mejor?

–Lo estoy deseando. Sobre todo a una Cabrera en particular…

Después de cenar la ayudó a recoger y a fregar. Se había quitado el abrigo y la corbata y se había desabrochado los primeros botones de la camisa.

–A ver si aprendes algo de historia acerca de la familia Cabrera y así abres tus horizontes, Noah –dijo ella, tomándole de la mano.

Él bromeaba y flirteaba con facilidad y ella le seguía corriente aunque no quisiera.

–Me saltaré todas las fotos de bebés y me centraré en aquéllas que creo pueden interesarte –dijo ella.

Él la atrajo hacia sí y la hizo detenerse en el vestíbulo.

–Aquí está mi bisabuelo trabajando en la tienda y mi abuelo es ese niño que le observa desde un rincón –dijo ella, señalando una foto.

–Qué bien que tengas estas fotos –dijo Noah, mirándolas–. Yo ni siquiera sé si en mi familia tenemos fotos antiguas. A mi madre sólo le gusta irse de compras y viajar y a mi padre nunca le han gustado estas cosas.

–Aquí hay otra que te puede interesar.

–Vaya –dijo él, mirando una foto de su abuelo.

–Mi abuelo está enseñando el primer par de botas que hizo él solo. Todavía las tiene. Están muy gastadas y ya no puede usarlas, pero las guarda con orgullo.

–No me extraña. Parece que tenga unos catorce años.

–No. Tenía dieciséis –dijo ella, consciente en todo momento del calor que desprendía el cuerpo de Noah.

Él le soltó la mano y le puso el brazo alrededor de los hombros.

—¿Ves por qué me importa tanto la historia familiar? Durante las vacaciones, en la casa del abuelo, o dondequiera que nos reunamos, siempre hay un montón de gente, todos los parientes que podemos juntar.

Noah se volvió hacia ella. Sus ojos grises eran una invitación y su boca resultaba demasiado tentadora.

—Creo que no tienes nada parecido en tu familia. No hay historia, ni respeto por el pasado, ni tampoco resentimientos por las viejas rencillas.

—Así es. Ahora entiendo por qué tú te lo tomabas tan en serio, pero tienes que ser capaz de superar todo eso. Yo sigo diciendo que la historia es historia. Tienes que dejarlo atrás.

—Lo estoy intentando, Noah —respondió ella con sinceridad—. Sé que tengo que hacerlo.

—Faith, te he echado mucho de menos —dijo, atrayéndola hacia sí para darle un beso.

Ella se dejó llevar por un intenso deseo y, rodeándolo con los brazos, le devolvió el beso.

Se apretó contra su potencia masculina y entonces le desabrochó los botones de la camisa para palpar su fornido pectoral mientras él la colmaba de besos.

Sólo deseaba tocarlo, besarlo y explorar su cuerpo. Tenía que compensar todas esas noches que había pasado en soledad, añorándolo.

—Esto es lo único que importa, nena —susurró él—. El pasado, pasado está —la agarró en el aire—. ¿Dónde está tu dormitorio?

La llevó a la habitación cargada en brazos.

—Noah, te deseo —dijo ella, tirándolo de los hombros.

–Y tú no sabes cuánto te deseo yo –susurró él, apartándose un momento para contemplarla–. Eres preciosa –la agarró en el aire una vez más, la tumbó en la cama y entonces se volvió para buscar protección.

Faith mantuvo silencio. No era el momento de decir la verdad, sino de dejarse llevar por la pasión…

A la luz del amanecer, Faith se acurrucó contra Noah.

–Todavía no he terminado de enseñarte mi apartamento y aún te quedan por ver muchos recuerdos y reliquias de familia.

–Lo dejaremos para otra ocasión –dijo él, besándola en la mejilla–. Te veré esta noche después del trabajo. Ahora te toca a ti visitar mi casa. ¿Por qué no vienes luego a verla?

–Muy bien. Me encanta la idea –dijo ella–. Pero ahora tenemos que levantarnos, Noah.

–A mí se me ha levantado otra cosa –le dijo él, rodando sobre sí mismo hasta ponerse encima de ella.

Alrededor de las siete le vio marchar desde la puerta y volvió a entrar en la casa. Lo había dejado entrar en su vida para siempre… a Noah Brand. Y no sabía cómo reaccionaría él cuando supiera la verdad.

Pero tenía que decírselo cuanto antes. Tenía que contarle lo del bebé.

Capítulo Siete

–Buenas tardes, señor Porter –dijo Noah, bajando del coche y metiéndose las llaves en el bolsillo de su traje color azul oscuro–. Me alegra verlo por aquí. Me preocupa que la señorita Cabrera trabaje hasta tan tarde.

–Yo siempre estoy por aquí y, si no estoy, tengo un sustituto –dijo el empleado, abriéndole la puerta trasera.

–Gracias –dijo Noah, avanzando por el largo pasillo rumbo al despacho de Faith–. Faith –dijo.

Ella asomó la cabeza por la puerta y salió al pasillo.

–¿Cómo…? –empezó a decir, pero se detuvo–. El señor Porter te dejó entrar, ¿no?

–No le digas que no lo haga –dijo Noah, sorprendido ante su reacción.

Ya había vuelto a ser la misma Faith que había conocido aquel lejano día cuando le había tendido una pequeña emboscada.

–Llegas pronto, Noah. Tengo que terminar unas cosas –entró en el despacho a toda prisa y él fue tras ella.

–¿Qué es esto? –le preguntó, mirando a su alrededor y reparando en una silla de montar.

–Es la silla de mi tatarabuelo. Ya te dije que, a diferencia de los Brand, nosotros valoramos mucho el pasado. Además, el matrimonio y la familia no son para ti, ¿verdad? A ti no te gustan las relaciones a largo plazo. Tú mismo me lo dijiste.

–Deja de recordarme todo lo que he dicho. Siempre hay una primera vez. Vamos a ver dónde nos lleva todo esto –dijo él, yendo hacia ella. Le puso las manos sobre los hombros y empezó a acariciarla en el cuello.

Su pulso acelerado palpitaba bajo las yemas de los dedos de Noah.

–Esto es lo que me hace volver una y otra vez aunque me digas que no tenemos futuro juntos. Tu corazón late muy deprisa y te has quedado sin aliento. Puedo ver deseo en tus ojos, lo mismo que yo siento. Hay pasión y fuego entre nosotros, así que deja de resistirte.

–Oh, Noah –dijo ella, mirando su boca y entreabriendo sus propios labios.

Él se inclinó para darle un beso, rozándose contra ella y palpando sus generosas curvas.

Quería hacerle el amor allí mismo, en el despacho.

–Noah –repitió ella, empujándole suavemente.

Pero él apenas podía oírla. Los latidos de su corazón retumbaban en sus oídos.

Puso las manos sobre las mejillas de ella y la miró fijamente.

Ojos velados por la pasión, la boca hinchada y roja después de sus besos… Ella también lo deseaba.

Respiró hondo y trató de mantener la compostura.

–Si estás lista, nos vamos a mi casa –le dijo en un tono sugerente–. ¿Dónde está tu bolso? –le preguntó, besándola en la comisura de los labios.

Ella se apartó y, mientras apagaba el ordenador, Noah tuvo tiempo de mirar a su alrededor para así calmar su libido en ebullición.

Había un libro en el borde de la mesa. En la portada aparecía un bebé sonriente.

Noah se acercó un poco y justo en ese momento ella lo agarró y lo guardó en un cajón.

Sus mejillas estaban rojas como un tomate y sus ojos brillaban como nunca.

–¿Qué era eso? –preguntó él, observándola con curiosidad.

–Es un regalo –dijo ella en un tono nervioso.

De repente Noah recordó claramente lo que había visto y no tardó en unir las piezas del rompecabezas.

–Es un libro sobre bebés para madres primerizas.

–Mis tías tienen muchos hijos.

Noah la miró con ojos de sospecha y entonces se dio cuenta de que no le estaba diciendo la verdad.

Un torrente de lava recorrió sus venas y la temperatura de su cuerpo se disparó.

–Noah, ¿nos vamos? –preguntó ella, mordiéndose el labio, impaciente.

Él guardó silencio. Las fotos de su familia, su amabilidad repentina...

–Estás embarazada, ¿no?

Ella permaneció callada y el corazón de Noah empezó a latir sin ton ni son. Un frío gélido recorría sus entrañas.

–Usamos protección.

Ella levantó la barbilla, sonrojada.

–Un preservativo no es cien por cien fiable.

–Vas a tener un hijo mío.

–Siempre has sido demasiado perspicaz. Si hubiera sabido que ibas a llegar tan pronto, no habría dejado el libro sobre la mesa. Un embarazo es algo de lo que me puedo ocupar muy bien, Noah. Sé que eres el padre y al final compartiremos las responsabilidades, pero no me presiones. Yo misma acabo de enterarme.

–¿Pero podemos hablar de ello? –preguntó él. La mente le daba vueltas y no podía pensar con claridad. Faith estaba esperando un hijo suyo; un vínculo que los uniría para siempre.

Noah la estrechó entre sus brazos.

–Tenemos tiempo para pensar las cosas. Admito que estoy muy sorprendido, pero al final encontraremos una solución. ¿Cómo te sientes?

–Después de superar la tremenda sorpresa que me llevé, me di cuenta de que tengo una enorme familia que me ayudará en todo. También ha sido toda una sorpresa para ti. Tienes que darte tiempo y pensarlo bien, que es lo que yo he estado haciendo.

–Tienes razón… –Noah se vio interrumpido por el sonido del teléfono de Faith.

Ella contestó y comenzó a hablar de negocios, así que él decidió salir al pasillo para darle algo más de privacidad.

Iba a ser padre.

Noah Brand iba a ser padre, pero aún no sabía cómo hacerse a la idea.

Nunca antes había considerado la posibilidad de tener una familia. Casarse y tener hijos siempre había sido una idea lejana que pertenecía a un futuro distante y poco probable.

Sin embargo, esa idea se había hecho realidad en un abrir y cerrar de ojos.

¿Qué iba a hacer a partir de ese momento?

Tenía que ocuparse de su hijo y quería apoyar a Faith en todo, si ella lo dejaba. Él nunca había sido de los que evadían las responsabilidades y ése iba a ser uno de los momentos más importantes de toda su vida.

De pronto recordó las palabras de su padre.

«Descubrirás que los hijos son una bendición… Son importantes. Busca a una mujer entre tus amigos, alguien con quien te lleves bien, y crea una familia. Nunca te arrepentirás…»

La puerta del despacho se abrió.

–Ya he terminado. No hacía falta que salieras.

–Nos íbamos a mi casa, así que, vámonos ya y así podremos hablar con más calma.

–Voy por el bolso.

Mientras conducía de camino a casa, Noah tuvo tiempo de reflexionar. Varias preguntas sin respuesta se arremolinaban en su mente.

Lo que jamás había esperado se había hecho realidad. Él siempre había sido prudente y precavido, pero el futuro era una incógnita que nunca dejaba de sorprenderlo.

–Noah, casi puedo ver cómo bullen las ideas en tu cabeza.

–Estoy seguro de que tu mundo se puso patas arriba cuando lo supiste. Claro que estoy pensando en ello. Me afecta mucho y a ti también. Nos guste o no, estamos juntos en esto.

Ella guardó silencio y Noah se dio cuenta de que sus palabras no le habían gustado mucho.

«De alguna forma el matrimonio es una pequeña parte de la vida, Noah. El negocio del cuero consumirá una buena parte de tu vida. Tienes bastante dinero como para hacer lo que te plazca y hacer feliz a una mujer…»

Las palabras de su padre retumbaban en su cabeza.

–¿Qué estás pensando? –le preguntó, incapaz de aguantar la curiosidad.

Ella miraba por la ventana con gesto pensativo e indescifrable.

–Intento pensar de forma práctica –dijo–. No sé si irme a vivir con mi abuelo o quedarme en el apartamento. Mis tías querrán que me vaya a vivir con ellas, así que tengo que contar con ellas. Yo soy hija única, pero mi padre no lo era. Tiene cuatro hermanas. Todas viven cerca y tienen familias numerosas. Nuestras vacaciones siempre son muy ajetreadas. La casa siempre está repleta de gente, muchos niños… Bodas, funerales, bebés… Todos son grandes acontecimientos, sobre todo los bebés. Mi abuelo ya es bisabuelo. Tiene seis biznietos. Mi familia es muy grande y variada, así que no voy a estar sola en esto… Hubo un tiempo en el que quería estar sola. Por eso me busqué un trabajo fuera de Dallas.

Él sonrió.

–Bueno, yo no tengo ese problema. Por lo menos en lo que se refiere a estar solo. Éste va a ser el primer nieto de mis padres, Faith, así que sí será un momento importante para nuestra familia.

–Les he pedido a mi abuelo y a Angie que guarden silencio de momento. Quiero pensarlo todo muy bien antes de que mis tías se enteren. Y te agradecería que tú también fueras discreto al respecto.

–Por supuesto. No se lo diré a mis padres de momento. Si crees que me gusta controlarlo todo, entonces deberías conocer a mi padre.

Ella frunció el ceño.

–No es tan malo como parece –añadió él–. Él no puede controlar tu vida.

–No, no puede –dijo ella con firmeza.

Noah se preguntó si se refería a su padre o a él mismo.

–Un cosa, Faith… Y no admito discusión al respecto. No quiero que te preocupes de nada en el tema del dinero. Yo asumiré todos los gastos, sean los que sean.

–Noah, ya estás intentando controlarlo todo –dijo ella, algo molesta.

–Por favor, Faith. También es mi hijo y quiero que sea mi responsabilidad. No vas a perder nada por dejarme asumir los gastos de manutención. Además, ya tienes bastante con las náuseas mañaneras. Yo creo que es un trato justo.

Ella no tuvo más remedio que sonreír y Noah se sintió más aliviado.

–Más bien preferiría que tú tuvieras las náuseas mañaneras y yo me ocuparía de los gastos.

–Lo siento –dijo él, apretándole la mano.

–Dicen que se pasa después de los tres primeros meses. ¿Cómo es que tres meses me parece una eternidad en este momento?

–¿No puedes entrar más tarde al trabajo hasta que te recuperes de las náuseas? No creo que a tu abuelo le moleste y tampoco creo que influya en tu trabajo.

–Probablemente tengas razón.

–Vamos a ser padres. Eso es algo que me resulta difícil de asumir.

Ella siguió mirándolo en silencio.

–Me sorprende que te lo hayas tomado con tanto entusiasmo e interés. Eres un soltero codiciado y siempre me has dicho que valoras mucho la soltería y la independencia.

–Pero quiero ser parte de la vida de mi hijo.

–Tenemos muchos meses por delante para pensar cómo distribuir el tiempo. Pero, al menos durante el primer año, el bebé necesita estar conmigo.

–También es mi bebé, Faith. No quiero perderme nada.

Los ojos de ella emitieron un destello brillante, pero su respuesta fue sosegada.

–Lo entiendo.

Noah era consciente del choque entre ellos, pero no estaba dispuesto a olvidarse de su hijo. No podía permitirlo de ninguna manera.

Tenían que hallar una solución satisfactoria y beneficiosa para todos.

En unos minutos entraron en una zona residencial de lujo con flamantes mansiones rodeadas de inmensas fincas.

Faith la conocía vagamente, pero nunca había estado allí.

Poco después atravesaron un portón junto al que se alzaba una garita de control ocupada por un vigilante.

–Noah, ahora entiendo de dónde proviene toda esa confianza en ti mismo –dijo ella, contemplando la imponente mansión que aparecía ante sus ojos–. Cualquier persona se sentiría así de seguro si fuera dueño de este palacio.

–Detecto cierto desprecio en tu voz.

–No, no es desprecio. ¿No te sientes como si estuvieras en un museo?

Él sonrió.

–No mucho. Es mi hogar –dijo y se detuvo en la parte de atrás.

Alrededor del edificio principal había otras construcciones rodeadas de muros y árboles que mantenían la privacidad del domicilio.

–¿Por qué no te vienes a vivir conmigo? –le preguntó él de repente–. Tengo una casa muy grande y así no estarás sola en tu apartamento. Podemos hacerlo.

Atónita, Faith lo miró fijamente como si acabara de sugerirle que se fueran a vivir a la Luna.

–¿Qué demonios…? Eso no tiene ningún sentido –dijo ella en un tono tenso–. No estamos enamorados, Noah. Esto fue un accidente, un embarazo inesperado. Bueno, ahora tenemos que planear las cosas, pero no tengo motivos para irme a vivir contigo. Además, si quiero vivir con alguien tengo familiares de sobra. Y estoy mucho más apegado a ellos que a ti.

–Faith, te he dicho que quiero estar cerca de ti y del bebé –dijo Noah, intentando evitar el delicado tema del matrimonio. No estaba preparado para casarse con ella, pero tampoco quería perderla para siempre–. Creo que sería más fácil si viviéramos juntos.

–Más fácil para ti, supongo.

–Y también para ti. Buscaré una niñera. Tengo muchos empleados en la casa; un cocinero, empleados de limpieza, un chófer… Así te quitarías más de un peso de encima y podrías dedicarte por completo al bebé. Hay sitio de sobra para ti y para el niño, y podemos mantenernos alejados el uno del otro.

–En esta casa, podría pasar todo un año antes de que volviéramos a vernos.

–Piénsalo –dijo Noah, cada vez más impaciente.

–Consideraré tu oferta –dijo ella tranquilamente.

Resistiendo la tentación de estrecharla entre sus brazos, Noah la llevó a conocer la casa.

–Tengo que irme a casa –dijo ella, después de cenar.

Estaban sentados en el patio de la casa, tomando el aire.

—Faith —dijo él en un tono seductor que despertaba sus instintos más primarios.

Ella se volvió hacia él al tiempo que él intentaba abrazarla.

—Nada ha cambiado por mi parte. Yo sigo deseándote con todo mi ser —añadió, acariciándola en la espalda.

Las azules pupilas de ella se dilataron y sus labios se entreabrieron.

—Noah —susurró ella.

Sin saber si aquel susurro era una objeción o una demostración de deseo, la atrajo hacia sí y le dio un beso apasionado.

—Tú lo deseas tanto como yo —le dijo, besándola en la frente, en la mejilla…

Ella le puso los brazos alrededor del cuello y se entregó a la pasión del momento.

Él deslizó la mano sobre su espalda y le agarró las nalgas con furor, provocando una reacción que la hizo apretarse y rozarse contra él hasta hacerle arder de deseo.

—Noah… Noah… tengo que parar e irme a casa —susurró ella, empujándolo en el pecho. Ha sido una tarde larga y no quiero tener que quedarme aquí.

Él la miró con gesto serio, asintió con la cabeza y echó a andar hacia el coche en silencio.

El abuelo de Faith la esperaba en el jardín con cara de pocos amigos.

—Maldita sea. No voy a poder darte un beso de buenas noches —dijo Noah entre dientes.

—No esta noche —contestó ella—. Yo no sabía nada

de esto, Noah. Mi abuelo está enojado y no quiero que hable contigo hasta que se calme un poco. Déjame aquí y vete a casa.

–Ni hablar –dijo, bajando del coche al mismo tiempo que ella.

Emilio se volvió hacia su nieta.

–Faith, entra en casa. Quiero hablar con Noah.

–Abuelo…

Emilio Cabrera le hizo un gesto con la mano.

–Entra en casa. Esta conversación no te incumbe. Si intentas impedírmelo, entonces iré a ver a Noah a su despacho y no creo que tú quieras eso.

–Abuelo, tienes la tensión alta. Deja que yo me ocupe de todo. Quisiera que no interfirieras en esto.

–Ahora mismo estás haciendo que me suba mucho más. Muy pronto todos vamos a estar unidos por el hijo que esperas, así que será mejor que me dejes hablar con Noah.

La joven se dio por vencida. Sin embargo, antes de entrar en la casa se volvió hacia Noah y le lanzó una mirada mucho más amenazante que la de su abuelo.

–Mi nieta lleva un hijo tuyo en su vientre.

–Sí, señor. Le he pedido que se vaya a vivir conmigo y le he dicho que yo me ocuparé de todos los gastos de manutención.

–Eso está bien, pero no lo bastante. No le hagas daño. Nuestras familias nunca se han llevado bien, pero ahora no tendremos más remedio que sobrellevarnos. Más te vale hacerla feliz durante todo el embarazo.

–Haré todo lo que esté en mi mano.

–Si tuviera veinte años menos, te rompería la cara sin dudarlo, pero me estoy haciendo viejo y conozco bien mis limitaciones. Además, no tiene sentido pelearse en estas circunstancias. Sin embargo, más te vale escucharme con atención y hacerme caso.

–Lo haré, señor Cabrera. Nunca ha sido mi intención hacerle daño a Faith.

–Sé cuáles son tus intenciones. Las conozco muy bien.

–Ya sé lo que está pensando, pero las cosas han cambiado desde que conocí a Faith. He intentado no hablar de negocios con ella y he desistido de los planes de mi empresa. Brand Enterprises no tiene intención de comprar su negocio, señor.

–Entonces ahora vas por Faith… pero no la quieres como esposa –añadió en un tono ligeramente sarcástico–. Puede que sea un poco anticuado, pero en mi familia, cuando hay un niño de por medio, sólo se puede hacer una cosa… Casarse. He visto pelear a los Brand y a los Cabrera desde que era niño, y no es que me cause especial alegría la idea de que mi nieta pueda casarse con uno de los Brand, así que a lo mejor las cosas están mejor así.

–Señor, estoy intentando decidir qué hacer con mi futuro. Acabo de enterarme de que voy a ser padre y Faith y yo tenemos que ponernos de acuerdo.

Emilio sacudió una mano.

–Ya puedes irte. He dicho todo lo que tenía que decir –dijo y dio medio vuelta.

Noah le vio acercarse a la puerta, que se abrió de inmediato.

Se despidió de ella con la mano y fue hacia el coche.

Capítulo Ocho

Tan pronto como Noah se fue, Faith se volvió hacia su abuelo.

–Abuelo, déjame ocuparme de Noah.

–Sólo quería hablar con él. No le puse la mano encima, ni lo insulté ni le eché un sermón. Sé que los dos tenéis que hacer frente al futuro.

–Ven a la cocina a tomar algo. Leche, zumo…

Él sacudió la cabeza.

–Tengo que irme a casa. Me gusta acostarme pronto.

–Deja que te lleve a casa –dijo ella, sacando las llaves del bolso.

–Todavía es de día. Si me voy ahora, no tendré problemas –puso su mano sobre la de ella y sacudió la cabeza–. ¿Vas a apartar a Noah de tu vida? Él también tiene derecho, Faith.

–Ya lo sé. Puede pagar los gastos y cosas así. Y ahora si no te pones en marcha, me empezaré a preocupar. A no ser que quieras quedarte conmigo esta noche. Eso también estaría muy bien.

Él sonrió y la estrechó entre sus brazos.

–No. Me voy. Hice lo que quería hacer. ¿Cuándo vas a volverle a ver?

–Mañana por la noche. Voy a cenar con él.

–Muy bien. Dice que ha desistido de comprar nuestro negocio.

–Abuelo, ¿tú te fiarías de tu tiburón o de un león?

Emilio ladeó la cabeza y fingió meditar la respuesta.

–No, pero desistir de su propósito habla a favor de él en este momento. Con un bebé en camino, por lo menos tiene suficiente sentido común como para tratar de suavizar las relaciones entre las dos familias. Además, es lo bastante listo como para saber que si te propone matrimonio, estará más cerca que nunca de llegar a hacerse con nuestra empresa.

–No voy a casarme con Noah, abuelo.

–No te hagas daño a ti misma o a tu bebé porque estés enojada con él o a causa de los negocios. Ahora tienes un niño en que pensar. Y eso es lo primero.

–Lo sé –dijo ella en un tono serio y deseó no haberle conocido nunca.

La mañana transcurrió sin pena ni gloria. Faith no era capaz de concentrarse en el trabajo, y no podía dejar de pensar en Noah.

Y por la tarde, para su sorpresa, él la llamó y le preguntó si podía pasarse por su despacho para hablar un momento.

«¿Qué será lo que quiere decirme?», se preguntaba Faith, intrigada.

–¿Y qué te trae por aquí a estas horas? Tú no eres de los que se toma tiempo libre.

–Pero hoy sí. Jeff me llamó. Está aquí para asistir a una subasta de caballos y antes de volver al rancho, quiere que firme unos papeles. Está en Fort Worth y pensé que a lo mejor te gustaría venir conmigo y conocerlo. Hace un día precioso. Quisiera presentarte a mi encantador hermano y así pasaríamos la tarde juntos.

Ella sonrió.

–¿Cómo voy a resistirme a esa propuesta? La tarde ha sido muy tranquila, así que voy a ir. Como siempre, has hecho uso de tus mejores dotes de persuasión, pero esta vez no te hacían falta.

–Estupendo.

–Pero tienes que traerme pronto, porque le dije al abuelo que pasaría la noche con él. A veces se siente muy solo, Noah.

–Y yo también –dijo él, sonriente–. Pero estoy dispuesto a renunciar a ti para que estés con tu abuelo. Así que vámonos ya –dijo él, poniéndose en pie.

Faith se preparó y en unos pocos minutos se pusieron en camino.

–¿Cómo te sientes hoy?

–Bien, desde las once de la mañana más o menos. A veces me siento un poco mareada, pero en general estoy bien.

–Es bueno saberlo. ¿Has pensado en lo de mudarte a mi casa?

–Sí. Hasta ahora, el plan no suena muy factible, Noah. El camino al trabajo sería mucho más largo. No sé qué ganaría yéndome a vivir contigo. Creo que nos apañamos bien tal y como estamos ahora.

–Parece que mi poder de persuasión me está fallando. Quiero que estés cerca de mí y creo que podría hacer mucho más por ti y ahorrarte muchos problemas. No tendrás que cocinar ni que limpiar. Y disfrutarás de mi compañía –dijo, mirándola con una sonrisa.

Faith no pudo sino devolvérsela, aunque no quisiera reconocer sus argumentos.

Mudarse con él significaba mudarse a su cama, pero ella aún no sabía si debía dar ese paso.

–Jeff me dijo que nos veríamos en su camión. Todavía estaba ocupado en el edificio, pero cree que ya habrá salido para cuando lleguemos. Si no le vemos, le dije que lo esperaríamos. Hace un día maravilloso de primavera.

A medida que se acercaban a los graneros y corrales, Faith se dio cuenta de que no sería fácil encontrar al hermano de Noah.

–Noah, este lugar es enorme.

–He estado aquí con Jeff y con mi padre. Sé donde suelen aparcar. Es un sitio a la sombra. Y si no está fuera, entramos y lo llamo por teléfono. Ahí está –dijo Noah.

Faith vio a su hermano gemelo por primera vez.

–Ya lo veo. Sí. Es fácil identificarlo porque es igualito a ti. Entonces así serías si fueras un vaquero –dijo Faith, sonriendo–. No te imagino viviendo en el campo y cuidando del ganado.

–Ahí tienes razón. Jeff tiene una vena rebelde y yo solía preguntarme si lo hacía para molestar a nuestro padre, pero a Jeff le encanta de verdad.

Detuvo el coche y fue a abrirle la puerta a Faith al tiempo que Jeff iba hacia ellos.

–Faith, éste es mi hermano, Jeff. Jeff, la chica más guapa de todos los Cabrera.

Jeff sonrió y le extendió la mano.

–Es un placer conocerte. Mi amiga Millie me ha hablado mucho de ti.

–Y yo también he oído hablar de ti a Millie y a Noah.

–Tu camión está vacío. ¿Has comprado un caballo? –preguntó Noah.

–No. He vendido uno –dijo Jeff, mirando a Faith–.

118

No me extraña que mi hermano haya desistido de comprar tu negocio –dijo Jeff en un tono divertido–. Así que eres la famosa nieta de la que tanto he oído hablar.

–Sí, lo soy –respondió Faith con una sonrisa–. Y tengo intención de proteger a mi abuelo de todos los Brand.

Jeff se echó a reír.

–Llevo mucho tiempo intentando convencerla de que he renunciado a comprar la empresa Cabrera –dijo Noah.

–Yo tengo que hablar a favor de mi hermano –dijo Jeff, sonriendo–. Pero no creo que me escuches más a mí que a él.

–Tienes razón.

–Me alegro mucho de conocerte, Faith. Tienes las mejores botas del mercado. Esto te lo puedo decir aquí, pero no en casa de mi padre.

Faith se echó a reír y Noah sintió la vieja punzada de los celos al verla congeniar tan bien con su hermano.

–No quiero entreteneros. Noah, voy a buscar los papeles al camión –dijo.

Fue al camión y regresó con un sobre y un bolígrafo. Sacó unos papeles y se los dio a su hermano.

–Si me disculpáis un momento –dijo Noah, apoyándose sobre el capó del coche para firmar.

–Supongo que las viejas rencillas entre los Brand y los Cabrera terminarán con vosotros dos –dijo Jeff en un tono bromista.

–Creo que las rencillas son mucho más fuertes en mi familia. Nosotros somos muy tradicionales. Pero, por lo que me ha dicho Noah, vuestra familia es todo lo contrario.

–Así es. Y no voy a decir que lo echo de menos. Creo que si nunca lo has conocido entonces nunca lo echarás de menos.

–Si vienes algún día a mi despacho, te enseñaré la vieja silla de montar de mi tatarabuelo. La hizo él mismo. Supongo que nos gustan las reliquias del pasado.

–Sí, me gustaría mucho. De todos modos, creo que me quedo con los sillines modernos. Son mucho más cómodos.

–No puedo creerme que el hermano gemelo de Noah sea un vaquero. Él es todo lo contrario.

–Desde luego. Mi hermano, el magnate de los negocios. Somos físicamente idénticos, o eso dicen, pero nosotros pensamos que somos muy distintos. Pero, bueno, eso tú ya lo sabes.

Noah le devolvió el sobre a su hermano.

–No me ha llevado mucho tiempo.

–Gracias por venir, chicos. Creo que me voy a poner en marcha. Vosotros dos tendréis muchas cosas que hacer.

Se volvió hacia Faith.

–Y ha sido un verdadero placer conocerte, Faith. Buena suerte con tu negocio familiar –se puso en pie–. Nos vemos, hermanito –dijo, estrechando la mano de Noah.

Noah le vio subir a su camión mientras le sujetaba la puerta del coche a Faith.

–Me alegro de que lo hayas conocido. Quería decirle que iba a ser tío, pero no podía hacerlo sin consultártelo antes. Jeff me guardaría el secreto si se lo pidiera.

–Si es así, entonces no hay problema. Díselo… Me sorprendió ver que no sois precisamente iguales.

–Me sorprende que te hayas dado cuenta en tan poco tiempo.

–Cuando le vi por primera vez, pensé que erais idénticos, pero después de hablar un rato con él me di cuenta de que podía decir quién es quién aunque no os identificarais.

–Ya veo que eres rápida. Algunas personas nunca se dan cuenta, y otras no nos distinguen hasta después de muchos años. Claro que las botas y los vaqueros ayudan bastante para identificarnos.

–Me sorprende que seáis tan diferentes.

–No sé por qué lo somos. Yo soy el que se toma más en serio lo de la rivalidad, creo –dijo Noah, confesando algo que jamás le había dicho a nadie.

Ella sonrió.

–Supongo que es lógico entre dos hermanos gemelos. Sin embargo, no deberíais. Los dos habéis tenido mucho éxito, pero tenéis diferentes gustos y metas en la vida, según lo que me has dicho.

–Estoy de acuerdo contigo. Pero, cuando nos implicamos en algo, yo siempre quiero ser el primero. De hecho, nuestro padre ha contribuido a esta rivalidad. De alguna manera, siempre nos ha hecho picarnos el uno con el otro. Cuando nos implicamos en algo de forma competitiva, yo siempre quiero salir ganando.

–Eso es ridículo, Noah, pero imagino que es natural. Seguramente él también quiere derrotarte a ti también.

–Claro que sí. Sin embargo, si algo se interpone en nuestro camino, entonces aunamos fuerzas.

–A mí me parece de lo más normal entre hermanos, aunque no sé cómo sería tener un hermano o una hermana.

–No sabes lo que te has perdido. No puedo imaginarme estar solo y ser hijo único durante toda la vida.

–No es tan malo como parece y no sé cuál es la diferencia.

–Ojalá no tuviera que llevarte de vuelta. Espero que me hayas reservado la noche de mañana –dijo, mirándola con una sonrisa.

–Claro, Noah –contestó ella con gesto divertido–. Di por hecho que querrías verme.

–No puedes darlo por hecho –dijo él y su sonrisa se desvaneció–. Espero que hayas pensado en mudarte conmigo.

–Todavía no lo veo claro. Todo sería más complicado de esa manera.

–No vamos a arruinar un día tan bonito con una discusión, así que intentaré buscarle otro enfoque.

Giró y se dirigió hacia la puerta de atrás del edificio Cabrera.

–Gracias por venir conmigo. Quería que conocieras a Jeff.

–Me alegro de que me lo hayas pedido. Y hace un día espléndido. Te veré mañana, Noah.

Se inclinó, le dio un beso en la mejilla y entonces fue a abrirle la puerta del vehículo.

–Hasta mañana –dijo ella, entrando en la casa.

El viernes por la tarde Faith visitó la casa de Noah otra vez.

«Si viviera aquí con él, entonces estaría en su cama todas las noches», pensó, sonrojándose.

¿Acaso se había enamorado de él a pesar de todo el resentimiento y los inconvenientes?

Levantó la vista y lo miró fijamente.

–¿Qué? –preguntó él.

–Sólo estoy pensando en cómo será vivir en este lujoso palacio –dijo, sin intención de revelarle sus verdaderos pensamientos.

Hasta ese momento él no había vuelto a insistir en el tema y ella había podido relajarse y disfrutar de su compañía.

–Faith, ¿puedo pensar en nombres para el bebé?

–Estoy abierta a sugerencias –respondió ella en un tono ligero.

Él se detuvo junto al sofá y la hizo darse la vuelta hacia él.

–La otra noche te eché mucho de menos –dijo él en un susurro–. Te echo de menos siempre que estás lejos de mí –mientras hablaba le quitó la pinza del cabello y dejó que la melena le cayera sobre los hombros.

–Noah… –susurró ella al tiempo que él le quitaba el vestido.

–Te deseo –dijo él, empujándola hacia atrás.

¿Adónde la llevaba?

Faith no tenía ni idea.

Las prendas caían a una a su alrededor mientras avanzaban, lentamente, entre besos y caricias.

En cuestión de segundos se quedaron desnudos. Él la levantó en el aire para llevarla al dormitorio y, tumbándose sobre ella, entró en su sexo desnudo con suavidad.

Faith arqueó la espalda para recibirle y enroscó sus largas piernas alrededor de él, agarrándolo con firmeza y moviéndose al son de la pasión hasta llegar al clímax.

–Faith –susurró él de repente, empujando con frenesí. Gotas de sudor cubrían su frente y sus poderosos hombros.

Ella lo abrazó con idolatría y se dejó llevar por la intensidad del momento, decidida a no pensar en nada más.

Él rodó hacia un lado y le apartó el pelo de la cara a Faith.

–Eres preciosa y me vuelves loco.

–Éste es nuestro momento, Noah. Aquí y ahora. No hay mañana –susurró ella, reconociendo por fin la cruda realidad.

Se había enamorado de él sin remedio.

–Faith, te quiero en mi vida, a ti y al bebé.

–Noah, disfruta del momento –repitió ella–. Ahora no quiero pensar en nada más. No iba a volver a hacer esto y, sin embargo, aquí estoy. No quiero pensar en el futuro.

Mientras él la colmaba de besos ella le acariciaba el hombro, con la mente en blanco.

Lo único importante en ese momento era su fabuloso cuerpo.

–Llevo días sin dormir. Pienso en ti a todas horas, en el trabajo, en casa… Siempre estás en mi mente…

Noah no terminó lo que iba a decir y entonces se hizo el silencio; un largo silencio que anunciaba algo importante.

–Creo que sé cuál es la mejor solución para todos –dijo finalmente.

–¿Y qué es? –preguntó ella, intrigada.

–Faith, yo te deseo. Y quiero que seas mi esposa. Cásate conmigo.

Capítulo Nueve

El corazón de Faith dio un vuelco. Una parte de ella deseaba decir que «sí», aceptar la propuesta con la esperanza de que algún día él llegara a enamorarse de verdad.

–¡Noah! No lo dices en serio –susurró.

–Claro que sí. He pensado en ello y también en lo que quiero hacer.

Faith cerró los ojos un instante y respiró hondo.

–No estamos enamorados.

–Pero si nos damos una oportunidad, podemos llegar a estarlo. Maldita sea, Faith, haces que sea difícil cuando en realidad es muy sencillo. Quiero que seas mi esposa. Es así de simple –dijo, frunciendo el ceño.

–Cuando supiste lo del bebé no te pusiste muy contento que digamos.

–Estaba sorprendido. No me digas que tú no sentiste lo mismo cuando te enteraste de que estabas embarazada.

–Claro que me llevé una sorpresa. Pero me hace muy feliz saber que voy a tener un bebé.

–No te estás tomando en serio mi propuesta. Si nos casamos, podríamos tener una vida feliz, una familia de verdad. No voy detrás del negocio de tu familia. ¿Es que no puedes olvidarlo de una vez?

–Creo que no –dijo ella con incredulidad–. Noah, tu familia quería el negocio desde mucho antes de que tú y yo naciéramos. La disputa se remonta a muchas generaciones atrás.

–Pero yo puedo hacer que eso cambie. Lo más importante para mí ha cambiado. Ya no me interesa adquirir Cabrera Leathers. Quiero casarme contigo.

–Si esta semana el médico me dijera que en realidad no estoy embarazada, ¿seguirías queriendo casarte conmigo?

–Faith, es evidente que sí lo estás, así que, ¿para qué darle más vueltas? –dijo él, molesto.

–Creo que lo he dejado muy claro –contestó ella, hiriéndole–. Tú tienes un agudo sentido del deber, Noah, pero eso no es suficiente para mí. Un matrimonio debe estar cimentado sobre otras cosas.

Él estiró el brazo y le apartó un mechón de pelo de la cara.

–Piénsalo. Podríamos ser felices si nos damos una oportunidad. Nuestro hijo tendría dos padres y yo puedo darle muchas cosas.

–Y yo también –dijo ella.

–Bueno, claro que sí. Además, podemos firmar un acuerdo prematrimonial para que la empresa Cabrera nunca pase a manos de tu esposo.

Ella asintió.

–Sólo piensa en ello, cariño. Quiero casarme contigo.

–Desde que te conocí me has tenido hecha un lío, Noah Brand. Pensaré en ello.

–Bien –dijo él, agarrándola de la cintura y besándola en los labios–. Vamos. Si no vas a quedarte esta noche, déjame llevarte a casa.

–Noah, ¿estás seguro de que no te estás precipitando? Hace muy poco que sabes lo del bebé –le dijo, mientras caminaban por la casa.

–A lo mejor, pero yo sé que esto es lo que quiero. Creo que es la mejor solución posible.

–El matrimonio no debería ser la mejor solución posible –dijo ella–. Esto tengo que pensarlo mucho.

Durante el camino de vuelta a casa, Noah no insistió más y Faith tuvo tiempo de pensar las cosas.

En la puerta de la casa, se volvió hacia él y lo besó hasta sentirse tentada de invitarle a entrar.

–Piensa en mi propuesta. Haríamos bien casándonos. Ya hay mucho entre nosotros, Faith. Olvida todos esos miedos y reservas y dame una oportunidad.

–Pensaré en ello, Noah. Es un gran paso, un compromiso que no esperabas asumir.

–Pero ahora es un compromiso que quiero –le dijo, rozándole los labios con un beso sutil–. Quiero estar contigo mañana.

Ella asintió.

–Te veré entonces –dijo ella, sabiendo que él la llamaría para hacer planes.

Cerró la puerta, le vio marchar desde la ventana y se fue a su dormitorio. Una larga noche de dudas se extendía ante ella…

Faith trató de refugiarse en el trabajo para superar las náuseas matutinas y olvidarse de Noah durante un rato. Sin embargo, la incertidumbre que la atenazaba no se disipaba aunque siguiera trabajando.

A eso de las once y media recibió una llamada de Millie.

Estaba de paso y quería ir a verla.

–¿Pero qué te pasa? ¿Qué te ha ocurrido? –le preguntó Faith en cuando la vio entrar.

Millie tenía los ojos hinchados, llenos de preocupación.

—¿Ha ocurrido algo con tu familia?

—No soy yo. Eres tú —dijo Millie.

—¿Qué pasa conmigo?

—Es algo que recordé de repente. Al principio no significaba nada y por eso se me olvidó. Pero ahora que estás viendo a Noah con más frecuencia y después de que me contaras que te ha propuesto matrimonio... volví a recordarlo. Cuando Jeff me compró aquellas entradas, estaba en la ciudad para asistir al cumpleaños de su padre.

—Eso debió de ser antes de que yo conociera a Noah.

—No lo sé. Jeff me dijo que en la fiesta Noah y él habían tenido una conversación seria con su padre. Resulta que les había hecho una oferta. Los Brand quieren tener nietos...

Mientras la escuchaba hablar, Faith se puso más y más nerviosa.

—El padre de Jeff y de Noah les ofreció cinco millones de dólares si se casaban en un plazo de un año. Y dos millones más para el hijo que se casara antes.

—Genial. Esto es simplemente genial —Faith apretó los puños—. Menudo incentivo. Así se lleva la empresa y encima siete millones.

—Puede que ése no sea el motivo por el que te propuso matrimonio, pero pensé que debías saberlo.

—Claro que debo saberlo. Además, no iba a aceptar. Maldita sea, Millie, eso es lo que quiere —dijo Faith, dejando que la furia fluyera por sus venas—. Me alegro de que te hayas acordado. No me extraña que insista tanto.

–Siete millones es una fortuna, pero ellos ya son más que millonarios, así que quizá no tenga nada que ver con la propuesta de Noah –dijo Millie, arrugando el entrecejo.

–Tiene todo que ver con la propuesta. Estoy segura. Noah calcula todo lo que hace. Siete millones es una auténtica fortuna, incluso para Noah. Así que no va a dejar escapar esta oportunidad.

–No te exaltes tanto, Faith –dijo Millie, apartándose el pelo de la cara con nerviosismo–. No quería preocuparte.

–Y no estoy preocupada. Sólo es una razón más que me confirma que he tomado la decisión adecuada.

–¿No estás enamorada?

–No, no estamos enamorados –dijo Faith en un tono cortante, sabiendo que estaba mintiendo–. Por lo menos ya no me sentiré tan atraída por él como antes.

–Realmente no sé si he hecho lo correcto. ¿Seguro que estarás bien?

–Sí, no te preocupes. Seguro que tienes que volver al trabajo. Gracias por decírmelo. No sabes cuánto te agradezco que hayas venido a decírmelo –dijo, acompañando a Millie a la puerta–. Deja de preocuparte. Me habría enterado más tarde o más temprano.

–A lo mejor no –dijo Millie–. Te lo he dicho porque yo también habría querido saberlo de haber estado en tu lugar.

Llena de rabia, Faith regresó al despacho y trató de seguir trabajando. Un rato más tarde recibió una llamada de Noah, pero decidió no contestar.

Tenía que verle cara a cara y resolver todo aquello de una vez por todas.

–Entra. Quería hablar contigo.

Él la miró con ojos serios y no tardó en darse cuenta de que algo iba mal.

–¿Cómo te encuentras? Te veo pálida.

–No me siento bien y quiero irme a casa a dormir, pero antes tenemos que hablar.

–¿Y no puedes esperar a que te sientas mejor? –le preguntó él con el ceño fruncido.

–No. Aquí estamos solos… Acabo de descubrir la verdadera razón por la que me propusiste matrimonio. O, por lo menos, una de las razones más importantes. Ya sé que tienes varias. Sé que te gusta el sexo. Sé que quieres un hijo. Y sé que quieres esos siete millones que te ofreció tu padre. ¿No es así?

Noah siguió mirándola con una expresión imperturbable.

–No me declaré para conseguir esos siete millones. Eso te lo garantizo. Yo ya tengo una fortuna propia.

–¡Vamos, Noah! La ambición te corroe por dentro. Eres una máquina de hacer dinero.

–Te juro que no te propuse matrimonio para conseguir el maldito dinero de mi padre. Él es así y no puedo hacer nada para evitarlo. Ni Jeff tampoco. ¿Cómo te enteraste?

–Eso no tiene importancia. Ya puedes irte por dónde has venido, Noah Brand.

–Sólo una parte de ti está furiosa conmigo. La otra parte siente la misma atracción que yo siento, pero no quieres confiar en mí. Yo no tengo la culpa de lo que hace mi padre, pero no me declaré para conseguir ese dinero.

–Sin embargo, no me negarás que esos siete millones hicieron mucho más atractiva la propuesta de matrimonio.

–Claro que sí. Lo admito, pero eso no cambia lo que deseo. Si no hubiera querido casarme contigo, el dinero no me habría importado en absoluto.

–No te creo.

Él fue hacia ella, le puso las manos sobre los hombros y la hizo levantar la barbilla.

Sus ojos color humo se habían oscurecido.

–Te deseo. Quiero casarme contigo. Y eso no tiene nada que ver ni con el dinero ni con los negocios. A estas alturas deberías conocerme lo bastante bien como para saber que soy totalmente independiente.

Faith pensó un momento en lo que él acababa de decirle. La lógica le decía que tenía razón, pero siete millones era mucho, mucho dinero.

–Estás sacando todo esto de contexto. El dinero nunca me habría hecho proponerte matrimonio. Éste no es un buen momento para hablar de esto, Faith. No te encuentras bien –le dijo con suavidad–. Déjame llevarte a mi casa. ¿No deberíamos llamar a tu médico?

–No. Me voy a casa –de pronto se llevó la mano al estómago y frunció el ceño.

–Entonces te llevo yo –dijo Noah en un tono que no admitía discusiones.

Pero Faith se sentía cada vez peor.

Se volvió para agarrar el bolso y entonces sintió un dolor agudo en el vientre.

–Noah… –dijo con la voz ahogada. El bolso cayó al suelo.

–De acuerdo. Vamos a llamar al médico ahora mismo. Siéntate. ¿A qué hospital sueles ir? –la cargó en brazos y la ayudó a recoger el bolso–. A ver si te pueden recibir en urgencias.

Rápidamente Faith buscó en el bolso y sacó el teléfono móvil.

Segundos después, se dirigían al hospital a toda velocidad.

Tan pronto como informó al doctor de los síntomas que tenía, Faith terminó la llamada y miró a Noah.

–El doctor Hanover me recibirá en urgencias –cerró los ojos y rezó para no perder al bebé. Los calambres eran cada vez más insoportables.

Unos minutos más tarde, Noah paró delante de la zona de urgencias y se la llevó en brazos a toda prisa.

–Tranquila, cariño. Estamos aquí.

–Noah, llama al abuelo. Su número está en mi teléfono. Aquí tienes mi bolso. Sólo quiero que sepa dónde estoy y dile que lo llamaré cuando vea al médico. No lo asustes.

–Sh. Yo me ocuparé de todo.

Una enfermera los vio llegar y Noah la puso al tanto de la situación de Faith.

–Muy bien, espere allí, por favor –dijo la enfermera, indicándole la sala de espera.

En cuestión de minutos la sentaron en una silla de ruedas y se la llevaron a toda prisa.

De pie, en medio del pasillo, Noah la siguió con la mirada hasta que la perdió de vista.

Con el estómago agarrotado, Noah fue a mover el coche y, después de aparcar, llamó a Emilio Cabrera para contarle lo sucedido.

Emilio Cabrera no tardó en llegar, visiblemente afectado.

–Gracias por llamar –le dijo, estrechándole la mano–. Todavía no sabes nada, ¿verdad?

–No, señor.

–Entonces tendremos que esperar. Quería estar con ella todo el tiempo. Por eso he venido tan rápido. Gracias por traerla.

–De nada –dijo Noah, sin saber qué decir.

La situación era bastante incómoda y los dos hombres guardaban silencio.

Unos momentos después Noah caminó hasta la ventana y miró al exterior, pero no fue capaz de ver nada más que el pálido rostro de Faith cuando la había tomado en brazos.

Se sentía tan impotente por no poder ayudarla.

–Me preocupa que tarden tanto –dijo finalmente, volviendo junto al abuelo de Faith.

–¿Sabes cuándo llegó el médico?

–No. La oí llamarlo. El médico se llama Farley Hanover. ¿Lo conoce?

–No. Sólo sabía que había visto a un médico –dijo Emilio.

–Conozco a algunos de los médicos de este hospital porque es el de mi familia. Mi padre fue operado aquí. Pero no conozco a ningún obstetra.

–Mi médico trabaja en este hospital. Y su antiguo pediatra también. Debe de ser por eso que lo ha elegido.

De nuevo se hizo un largo silencio, incómodo e insoportable para Noah. Estaba tan nervioso e intranquilo que apenas podía estarse quieto.

Una vez más, se levantó y comenzó a andar por la sala.

Unos momentos más tarde, un médico se asomó a la puerta.

–¿Señor Cabrera? ¿Señor Brand?

Ambos se pusieron en pie.

–Soy Farley Hanover. Ahora mismo le estamos haciendo algunas pruebas a Faith. Sus constantes vitales son buenas y le hemos dado medicación. Cuando hayamos terminado, la llevaremos a su habitación. Tiene que guardar reposo y queremos que se quede hasta mañana para hacerle otras pruebas. Tan pronto como la llevemos a su habitación, podrán verla.

–Muchas gracias –dijo Noah al mismo tiempo que Emilio–. ¿Y el bebé?

–Pronto sabremos más –dijo el médico y se marchó.

–Y ahora a esperar de nuevo –dijo Noah.

Por suerte la había llevado a tiempo al hospital, pero habría preferido que ella hubiera llamado al médico mucho antes.

–No se sentía bien durante el desayuno, pero no parecía nada serio, así que me imaginé que sólo se trataba de las típicas náuseas. Y ella también lo pensaba.

–Me alegro de que la hayas traído. Sospecho que no habría venido tan rápido si hubiera estado sola.

Guardaron silencio y las horas comenzaron a hacerse eternas.

–Señor Cabrera, voy a la tienda de al lado a comprarle unas flores.

Emilio se puso en pie.

–Si no te importa, voy contigo.

Noah le encargó un ramo de rosas y también le compró un albornoz, unas zapatillas a juego y una bolsa con un cepillo de dientes, un peine, y pasta de dientes. Emilio, por su parte, le compró otro ramo de flores, un libro y otro estuche que incluía una crema y un perfume.

Y, por fin, a eso de las nueve, una enfermera los acompañó hasta la habitación de Faith.

Mientras subían en el ascensor, Noah se volvió hacia Emilio.

–Señor, me gustaría quedarme con ella esta noche, si no le importa.

–Si tú te quedas, entonces yo me iré a casa. Espero que se encuentre lo bastante bien como para no necesitar a alguien toda la noche.

–Pero aunque se encuentre bien, quisiera quedarme por si necesita algo.

Emilio asintió con la cabeza.

–Muy bien.

Faith estaba tumbada en la cama, con el pelo suelto, sobre los hombros.

Noah deseaba besarla, estrecharla entre sus brazos, pero sabía que no podía, así que en vez de ir hacia ella, dejó que su abuelo la besara en la mejilla y la tomara de la mano.

–Me alegro de que ya estés aquí. Vine en cuanto Noah me llamó.

–No tenías por qué, abuelo. Ahora me preocuparé por ti. No me gusta que tengas que conducir hasta casa.

–No te preocupes por eso –dijo, volviéndose hacia Noah–. Y aquí está Noah –se apartó un poco y se sentó en una silla a un lado de la cama.

–¿Te encuentras mejor? –le preguntó Noah, parándose al otro lado de la cama.

–Sí. Gracias por traerme y gracias por esas preciosas rosas –se volvió hacia Emilio–. Abuelo, y gracias a ti por tus flores. Ya sabes que me gustan mucho.

–Te he traído algo –dijo Noah, dejando su regalo sobre la cama–. Y Emilio también.

Su abuelo le dejó el regalo al otro lado.

–Gracias a los dos –dijo Faith, abriendo primero el regalo de su abuelo–. Gracias, Noah –dijo, abriendo el suyo con una sonrisa–. Parece que habéis pensado en todo.

–Tu abuelo escogió el perfume y la crema.

Ella miró el albornoz y las zapatillas.

–Me las voy a poner mañana. Están estupendas. Muchas gracias. Estaba preocupada porque no había traído nada.

–Me alegro de que te gusten –dijo Noah, sentándose a su lado–. Si queréis estar solos un rato, puedo esperar fuera –dijo unos minutos después.

Faith miró a su abuelo, pero éste sacudió la cabeza.

–No hace falta, a menos que quieras algo –le dijo Emilio a Faith.

–No, Noah, por favor, quédate. Pero gracias de todos modos –dijo ella.

Sus mejillas ya habían recuperado el color de siempre, pero su voz sonaba cansada, como si le hubieran dado algo para dormir.

Una vía de medicamentos goteaba a un ritmo constante.

«Mañana tengo que volver a hablar con los médicos», pensó Noah.

Unos minutos después Emilio se puso en pie.

–Creo que me voy a casa. Si quieres algo, llámame. Volveré por la mañana.

Ella le apretó la mano.

–Por favor, abuelo, llámame cuando llegues a casa.

Él asintió, la besó en la mejilla y le dio una palmadita en la mano.

–Buenas noches, Noah –dijo, recogiendo su sombrero y dirigiéndose a la puerta.

En cuanto Emilio se marchó, Noah se acercó a la cama y la tomó de la mano.

–Ojalá pudiera hacer algo para que te sintieras mejor.

–No hay nada que puedas hacer. Gracias por todo lo que has hecho por mí esta noche.

–Pareces cansada. Vamos, duérmete. Yo atenderé la llamada de tu abuelo.

Ella asintió, cerró los ojos y, en pocos minutos, ya estaba dormida.

Noah sacó el móvil de Faith y acercó el teléfono fijo a una tumbona que estaba en un extremo de la habitación. Se quitó los zapatos, la corbata y el abrigo, y se acostó un rato.

Unos minutos después sonó el móvil.

–Señor, está dormida –dijo en un susurro y Emilio terminó la llamada rápidamente.

Noah se acomodó todo lo que pudo y trató de averiguar qué había causado el problema.

¿Acaso había sido por la discusión sobre el dinero?

El dinero no significaba nada para él si ella no estaba a su lado…

Faith se movió y miró a su alrededor. La pálida luz del amanecer se filtraba por las ventanas.

Noah estaba a su lado, dormido en una tumbona.

En ese momento él abrió los ojos y la miró.

–¿Qué estás haciendo aquí? –le preguntó, sorprendida–. No tenías por qué quedarte.

–Aquí es donde quería estar –dijo él, levantándose y quitando los pies de la tumbona.

Su ropa estaba arrugada y su pelo alborotado.

–¿Cómo te sientes?

–Mejor –dijo ella–. No deberías haberte quedado, Noah.

Él sacudió la cabeza.

–Si me hubiera quedado en casa, me habría preocupado más. Emilio llamó en cuanto llegó a casa. Pronto vendrá para acá.

–Me quedé dormida muy rápido. Quería esperar la llamada del abuelo, pero no pude. Y ahora vete. Sé que estás muy ocupado.

–Me iré unos minutos y volveré enseguida. Quiero hablar con el médico… Sólo quiero que estés bien –le dijo en un tono cariñoso y sincero–. Y el bebé también.

–Lo sé, Noah. Yo también.

–No quiero dejarte ni un momento, pero volveré enseguida –dijo, saliendo al vestíbulo y cerrando la puerta tras de sí.

Faith suspiró y pensó en lo mucho que lo amaba. Era imposible negarlo más. Amaba a Noah Brand con todas sus fuerzas, aunque no estuviera segura de ser correspondida.

Él regresó unos minutos más tarde, con la cara lavada y bien peinado.

–Puedes irte a casa. Ya he llamado al abuelo y le he dicho que no venga hasta que vuelva a llamarlo. Ahora van a hacerme algunas pruebas… –dijo Faith.

La enfermera acababa de estar en la habitación.

–Y no podrás verme de todos modos. Creo que voy a estar ocupada durante un buen rato, pero no sé muy bien. Espero que me dejen marchar esta mañana.

–Tengo que hacer un par de cosas por aquí. Iré a la cafetería a comer algo y después me quedaré por aquí. Quiero hablar con tu médico.

Ella sonrió.

–Yo te diré lo que me diga. Vete, Noah.

–Volveré pronto –le dio un beso y un abrazo y entonces se marchó.

Faith se quedó sola, y entonces sintió otra punzada de dolor.

La mañana fue tan ajetreada como esperaba y cuando por fin la llevaron de vuelta a la habitación, su abuelo y Noah ya estaban allí.

Ambos la acompañaron mientras tomaba el almuerzo y después salieron al pasillo cuando el médico fue a visitarla.

Un rato más tarde la puerta se abrió de nuevo y el doctor Hanover fue hacia ellos.

–Faith se lo puede contar todo, pero ella me dijo que quería hablar conmigo. Me dijo que le dijera que va a tener que guardar reposo absoluto durante el próximo trimestre. Espero que para entonces se encuentre mejor y pueda levantarse de nuevo, pero sus actividades se verán restringidas durante todo el embarazo.

–¿Y qué pasa con el bebé?

–No debería haber ningún problema si se cuida y sigue mis instrucciones. Dice que vive sola, pero tiene una gran familia que puede ayudarla. Durante este primer trimestre debería estar acompañada porque necesita guardar reposo absoluto.

–Me la llevaré a mi casa si ella accede. Nunca estará sola. Yo tengo muchos empleados y puedo contratar a una enfermera –dijo Noah, decidido a hacer lo que debía hacer.

–No necesitará una enfermera si Faith coopera. Ella puede contarle todo lo demás.

–Muchas gracias, doctor Hanover –dijo Noah.

Emilio también le dio las gracias y entonces se volvió hacia Noah.

–Podría quedarse en mi casa si quiere, pero creo que tú podrás hacer más por ella.

–Me gustaría cuidar de ella, señor –dijo Noah.

Emilio asintió.

–Si me dejas un momento hablaré con ella –dijo.

–Gracias –dijo Noah, deseando que Emilio fuera capaz de convencerla.

La espera se hizo interminable. Emilio tardaba mucho más de lo esperado en salir y la incertidumbre lo carcomía por dentro. ¿Qué estaba pasando?

–Habla con ella. Creo que se quedará en tu casa –le dijo el anciano en cuanto salió.

–Yo quiero que lo haga. Pero no quiero que se enoje conmigo –dijo Noah, algo preocupado por ella.

–Yo esperaré aquí. Cuando lo tengáis claro, decídmelo. Si no quiere irse a tu casa, entonces insistiré en que venga a la mía.

Noah asintió, respiró hondo y se dispuso a entrar en la habitación.

Los ojos azules de Faith estaban llenos de nubarrones.

–Lo siento, cariño –dijo él, acercando una silla y sentándose a su lado–. Sólo recuerda que esto es temporal.

–No puedo mantenerme en pie. No puedo ir a la oficina. El abuelo no quiere que trabaje en casa.

–Y tiene razón. Tienes que relajarte y descansar. Cuidar de ti y de nuestro bebé.

Ella lo miró fijamente y apretó los labios. Parecía que estaba a punto de echarse a llorar.

–Cariño, ven a mi casa y deja que cuide de ti. He hablado con el doctor Hanover y él piensa que es una buena idea. Tu abuelo es mayor y no querrás que descuide el negocio.

Faith se mordió el labio y frunció el ceño.

–Tienes razón. Claro. No quiero que tenga que ausentarse de la oficina –miró a Noah con ojos intensos–. Noah, dime algo con sinceridad. ¿Me estás haciendo esta oferta porque crees que debes?

–Te prometo que no es así. Podría ofrecerme a mandarte una enfermera a tu casa o a casa de tu abuelo, pero quiero que estés en mi casa. Lo digo de verdad. Tengo muchas habitaciones, así que si tus tías o tus primos o tu abuelo quieren quedarse contigo…

Ella esbozó una sonrisa débil.

–No tienes ni idea de lo que me estás ofreciendo –su sonrisa se desvaneció y fue reemplazada por una expresión de ansiedad.

Noah le dio algo de tiempo para pensarlo.

–Muy bien, Noah –dijo por fin, suspirando–. No quiero ser desagradecida. Es que nunca pensé que me pondría enferma y que tendría que renunciar a mi autonomía.

–Sólo recuerda que es algo temporal.

–No hago más que recordármelo, pero podría ser más de un trimestre.

–El tiempo pasa muy rápido. Te lo prometo. El doctor Hanover me dijo que te dejará salir cuando sepas adónde vas a ir y quién se va a ocupar de ti. Tu abuelo te está esperando en el pasillo.

–Entonces ya puedes ir a decírselo al doctor Hanover. La atención es buena, pero preferiría salir del hospital cuanto antes.

Noah se inclinó y le rozó la frente con los labios.

–No te preocupes. Puedes tener todo lo que quieras. Tendrás que hacer lo que dice el médico, pero, por lo demás, haré lo que sea por complacerte.

Ella le dio un abrazo.

–Espero que hables en serio cuando dices que quieres que me mude a tu casa.

–Sí. Ya te dije que lo decía en serio.

Ella se frotó los ojos.

–No te preocupes –dijo él–. Eso no es bueno para el bebé.

Ella sonrió.

–Gracias, Noah –dijo.

Noah se reunió con Emilio y juntos fueron a buscar al médico para avisarle de que ya podía darle el alta.

Faith en su casa... La idea lo llenaba de esperanza y alegría.

Quizá así pudiera convencerla de que aceptara su propuesta.

El corazón de Noah se aceleró...

Capítulo Diez

–Noah me ha dicho que te quedarás en su casa –Emilio se sentó junto a la cama–. ¿Estás haciendo lo que quieres hacer?

–Sí, abuelo. Noah me dará toda la ayuda que necesito. Incluso puedes quedarte en su casa si quieres.

Emilio asintió con seriedad.

–Me alegra saber que estás bien. Sólo quiero que te cuides y que no te preocupes por los negocios.

–No lo haré –dijo ella, dándole una palmadita en la mano.

–Lo siento, cariño. Odio que tengas que verte así.

–Por lo menos hay algo que puedo hacer. Dicen que el bebé estará bien.

–Y eso es lo más importante. Deberías recordarlo en todo momento.

–Necesito un montón de cosas de casa. Llama a la tía Stephanie y a la tía Sophia para que me traigan todo. Necesito que lo lleven a casa de Noah cuando me mude.

–Claro que sí –dijo Emilio, sonriendo–. Ya conoces a tus tías. Estarán encantadas de ayudarte y además se pondrán muy contentas con la idea de visitar la casa de Noah. No les dije que estabas aquí para que no te agobiaran mucho –la sonrisa de Emilio se desvaneció y entonces la miró con ojos penetrantes.

–¿Qué ocurre, abuelo? Pareces preocupado.

–Cariño, la otra noche estuve pensando en esto. Y

llegados a este punto, necesito tu aprobación. Dadas las circunstancias, me gustaría venderle el negocio a Noah…

–¿Vender? No –Faith trató de incorporarse, pero una punzada de dolor la hizo tumbarse de inmediato.

–Faith, no debería habértelo dicho, pero no me queda más remedio. No quiero preocuparte, cariño. Ya lo sabes. Lo he pensado mucho y te diré por qué.

–Abuelo, no lo hagas –dijo ella, conmocionada y preocupada.

La culpa era de ella y de nadie más. Ella era la causante del repentino cambio de idea de su abuelo.

–Ahora escúchame bien. Si le vendo el negocio a Noah, obtendría unos ingresos importantes con los que podría retirarme. Noah me pagará una suma desorbitada. Ya me ha hecho una oferta. Así tendremos mucho dinero para el niño, lo cual no está nada mal. El negocio va cada vez peor, así que… ¿Por qué esperar a que se ponga peor?

–Abuelo, hasta la noche anterior estabas decidido a no vender. Me dijiste que querías trabajar por lo menos diez años más si la salud te lo permitía. ¿Cómo puedes darle la espalda al trabajo que tanto amas? Noah se ocupará de todos mis gastos y también de los del bebé. No quiero que vendas –dijo Faith. De repente tenía la sensación de que todo se derrumbaba a su alrededor.

–Aún sigo pensando en ello, Faith. Pero la realidad es que me estoy haciendo mayor.

–Es cierto, pero… Cabrera Leathers ha pertenecido a la familia durante muchas generaciones.

–Los cambios son inevitables y tú lo sabes.

–Pero tantos cambios… Creo que te estás precipitando. Tómate unos meses para pensarlo.

–Lo haré, pero al mismo tiempo, quiero que tú también pienses en ello. Creo que es la opción más razonable y, ahora mismo, podríamos conseguir una muy buena oferta de Noah. No quiero esperar a que cambie de idea.

Faith guardó silencio y esperó que su abuelo cambiara de idea con el tiempo.

–Me voy a la oficina. Noah me dio su número de teléfono y vendré a verte esta noche, cuando ya te hayas instalado –Emilio se inclinó y le dio un beso en la frente a su nieta–. Haz lo que tengas que hacer.

–Lo haré. Te lo prometo –respondió ella, preguntándose cómo sería vivir bajo el mismo techo que Noah durante varios meses.

A media tarde Noah lo arregló todo para llevarla a su casa en una ambulancia privada y un rato más tarde Faith se encontró acurrucada en una cómoda habitación del ala este de la mansión.

Después de presentarles a los empleados que la ayudarían durante su recuperación, Noah se quedó a solas con ella.

–Me alegro de que estés aquí –le dijo, sentado al borde de la cama–. Mañana viene la enfermera para ayudarte a levantarte cuando lo necesites.

–Gracias –dijo ella, verdaderamente agradecida.

Él le acarició el cuello suavemente.

–Quiero verte bien y feliz. Piensa lo de casarte conmigo, Faith. Sería bueno que nos casáramos ahora.

–Noah, ni siquiera puedo levantarme de la cama, así que, ¿cómo voy asistir a mi propia boda?

–Puedo casarme contigo aquí mismo y podemos hacer una gran celebración más adelante. Eso no es problema.

Ella lo miró con gesto serio.

–Has sido muy bueno conmigo. Me lo pensaré –dijo y le dio un beso apasionado.

Por primera vez en mucho tiempo sentía ilusión ante la idea de casarse con él. Sin embargo, no se atrevía a esperar nada más.

Su abuelo la llamó para saber si se encontraba a gusto y ella aprovechó la ocasión para insistir en que no vendiera el negocio.

–Faith, piensa en el futuro. Más adelante a lo mejor ya no puedes contar con Noah. Vuestra relación no ha sido precisamente un camino de rosas.

–Pero eso ya forma parte del pasado –dijo Faith, deseando que fuera cierto.

–Yo haré lo que crea mejor –dijo él, sin comprometerse a nada.

Esa noche Noah y ella cenaron en el jardín.

Él mismo se ocupó de colocarla en una cómoda *chaise long* y después le acercó una bandeja con la comida.

–Noah, esto es maravilloso –dijo ella, agradecida de haber dejado el hospital.

–Van a venir a arreglarte el pelo.

Ella sacudió la cabeza.

–Creo que te he complicado la vida y la mía también.

Él la agarró de la mano y le rozó los nudillos con besos sutiles.

–Creo que nos hemos complicado la vida, pero no fuiste tú sola.

Durante las tres semanas siguientes, Faith empezó a sentirse mejor. Sin embargo, sabía muy bien que debía seguir todas las indicaciones del médico.

Un día su abuelo le llevó un ramo de margaritas y rosas y se sentó a charlar un rato con ella.

–Faith, me pregunto si Noah te lo ha dicho. Le pedí que esperara que tuviéramos un trato. Ha comprado nuestro negocio.

–¡Abuelo! –gritó ella, anonadada–. ¡No! Dijiste que te lo pensarías.

Él levantó una mano.

–Lo he pensado muy bien. Y te prometo que he hecho lo que quería hacer. Y no te enfades por esto porque no es bueno para ti. Tengo ganas de retirarme y viajar un poco. Ya es hora de disfrutar de lo que me queda de vida y de tomármelo todo con más calma.

–Eso no es propio de ti. ¿Cómo has podido ocultármelo?

–Es que no quería preocuparte.

–¿Y no crees que así haces que me preocupe más todavía? ¿Noah ha comprado nuestra empresa?

–Sí –repitió Emilio–. Faith, he conseguido un precio muy generoso. Tres millones de dólares. Nuestra empresa es un pequeño negocio de curtido de pieles. Nunca valdría tres millones. He creado un fideicomiso para el bebé. Tú eres dueña de la mitad de la empresa, así que vas tener una buena parte de ese dinero.

–Abuelo, si esto no me hubiera pasado, jamás habrías vendido la empresa –dijo Faith, intentando contener las lágrimas.

–A lo mejor no, pero ha pasado y las cosas cambian. Te lo voy a repetir de nuevo y esta vez escúchame con atención. He hecho exactamente lo que quería hacer.

–Hiciste lo que pensabas que debías hacer.

–Está hecho, así que acéptalo. Deja de darle vueltas a la cabeza y piensa en lo que tenemos ahora. Cariño, la oferta ha sido muy generosa. Nunca habríamos conseguido tanto dinero por el negocio. Noah estaba muy interesado, pero es un precio desorbitado. En el mercado, se habría vendido por medio millón como mucho. Estoy seguro.

–Abuelo, por mucho que me digas no vas a convencerme de que fue una buena idea –dijo Faith, enfadada y frustrada–. ¿Y la familia lo sabe?

–Todo el mundo está encantado, porque a todos les tocará su pequeña parte.

Faith bajó la vista y apretó los puños. Sabía que no estaba haciendo feliz a su abuelo, pero en ese momento no podía sino sentir rabia hacia Noah.

Tenía que salir de su casa e irse bien lejos.

Cuando se quedó a solas, apenas pudo contener las ganas de llorar. Noah se había salido con la suya, y todo era culpa suya.

Agarró el teléfono móvil y llamó a información para conseguir el número de un servicio privado de ambulancias.

Cuando Noah volvió a la oficina después de su largo periodo de ausencia, se encontró con una Holly totalmente cambiada, triste y seria. Y su anillo de compromiso había desaparecido.

–Holly, ¿te encuentras bien?

Ella levantó la cabeza y sus verdes ojos echaron chispas.

–No exactamente. Y tú tampoco pareces encontrarte bien.

–Estoy preocupado por Faith. Ella se echa la culpa

por lo de la venta –le dijo, aunque realmente se lo estuviera diciendo a sí mismo.

–El señor Cabrera ha llamado para hablar del trato.

–Faith piensa que jamás habría vendido de no haber sido por su situación.

–Y probablemente tenga razón. Pero, bueno, por lo menos ya tienes lo que querías… Por lo que a mí respecta, he roto mi compromiso. De hecho, fue él quien lo rompió, y sacó mis cosas del apartamento.

–Maldita sea, Holly. Lo siento mucho –dijo Noah, que le tenía mucho aprecio a su secretaria.

–Bueno, mejor ahora que después de casados –dijo ella, recogiendo unos papeles y abandonando el despacho.

Noah la vio marcharse, con la mirada perdida.

A pesar de haber conseguido lo que tanto le había costado, no se sentía más feliz por ello. Su padre estaba encantado con la adquisición de Cabrera Leathers, pero él no era capaz de sentir nada más allá de una profunda sensación de pérdida.

Faith lo quería fuera de su vida y no había nada en el mundo que lo hiciera más infeliz.

Pero, ¿qué podía hacer?

Noah se metió las manos en los bolsillos y empezó a caminar de un lado a otro.

Tenía que hacer algo para recuperarla. No podía dejarla marchar así como así porque…

La amaba…

Descolgó el teléfono y se dispuso a llamar a Emilio Cabrera.

Capítulo Once

Eran más de las cinco de la tarde, pero Faith seguía acostada en la cama, incapaz de cerrar los ojos. Noah invadía todos sus pensamientos y no podía hacer nada para sacárselo de la cabeza.

De pronto la puerta de la habitación se abrió.

Era él.

–Tienes muy buen aspecto. Me han dicho que te has recuperado muy bien con el reposo absoluto.

Faith asintió con cara de pocos amigos y le dejó entrar en la casa.

Él se quitó la camisa y la corbata y ella no pudo evitar sentir una punzada de nostalgia que le aceleró el corazón. En otro tiempo él había hecho el mismo gesto antes de hacerle el amor.

Se sentó junto a ella, al borde de la cama, y le dio un tímido beso en los labios, tomándola de la mano.

–Noah… –dijo ella, protestando.

Sin soltarle la mano, él le frotó los nudillos con suavidad.

–He hablado con tu abuelo –le dijo. Sus ojos, llenos de deseo, brillaban con luz propia–. Le he hecho otra oferta y ha aceptado.

Faith lo miró con ojos perplejos.

–¿Qué? –preguntó ella, recuperando el aliento–. ¿Qué estáis tramando a mis espaldas? El abuelo no me ha llamado.

–No. Le pedí que esperara un poco, que me dejara hablar contigo antes. Pero te llamará más tarde.

–Lo mismo que la otra vez –dijo ella, frunciendo el ceño–. Lo tramáis todo a mis espaldas y después decidís quién va a hablar conmigo del tema, pero nadie se molesta en preguntarme qué opino al respecto –dijo ella.

Llena de curiosidad, lo miró fijamente, preguntándose qué había hecho esa vez.

–¿Cuál fue tu nueva oferta?

–Le devolveré la empresa si accede a que Brand Enterprises gestione los productos de Cabrera Leathers en exclusiva. Tendrá un contrato con Cabrera Leathers y yo le pagaré tres millones de dólares. Además, cada año obtendrá un treinta por ciento de los beneficios, además del sueldo, y de los beneficios de Brand Enterprises. Si alguna vez se decide a vender la empresa, entonces tendremos el derecho de compra en exclusividad. Y si a nosotros no nos interesa adquirir la empresa, es libre de hacer lo que quiera con ella.

–¡Oh, Noah! –gritó Faith con un nudo en la garganta–. ¡Gracias! Me alegro tanto de que le hayas hecho esa oferta. Es perfecto.

Aquel acto de generosidad compensaba todos los disgustos del pasado. Por fin su abuelo podría seguir haciendo el trabajo que tanto amaba.

–Noah, soy tan feliz –le dijo, mirándolo con alegría–. Esto sí que son buenas noticias.

–Emilio también parece contento –dijo él, apartándole el cabello de la cara–. Eres preciosa, Faith. Te he echado muchísimo de menos.

Ella le apretó las manos con fervor.

–Gracias. Lo has hecho por mí.

–Claro que sí. Creo que es el arreglo perfecto y todo el mundo está encantado –le sujetó el rostro con ambas manos–. Faith, no sabes cuánto te he echado de menos.

–Yo también.

–He hablado con mi padre y le dije que no querías casarte conmigo a causa de esa estúpida recompensa.

–¡Oh, Noah! Entonces sí que te importo de verdad.

–Claro que me importas. Te amo, Faith.

Ella contuvo la respiración. Le puso los brazos alrededor del cuello y tiró hacia sí para besarlo.

–Nunca me lo habías dicho. No tenía ni idea...

–¿Pero no crees que siempre me he comportado como un hombre enamorado?

–A lo mejor, pero me encanta oírte decirlo. Yo te quiero mucho, Noah, pero nunca creí que te oiría decir esas palabras. Soy la mujer más feliz del planeta.

Él se sacó una pequeña cajita de un bolsillo y se lo puso en la mano.

–Para ti. ¿Te casarás conmigo?

–¡Sí! ¡Claro que sí! –dijo, colmándole de besos.

–Mi padre es muy testarudo. Me dijo que quería darme esos siete millones de todos modos, así que lo va a poner en un fideicomiso para nuestro hijo.

–Noah, esto es maravilloso. Ya sabes que a mí no me importa el dinero. Te he echado tanto de menos. Mi vida ha sido un infierno sin ti.

Él volvió a besarla con frenesí, dejándose llevar por el deseo incontrolable que sentía por ella.

–Noah, para... –dijo ella, empujándolo en el pecho con una sonrisa en los labios.

–Vaya, lo siento. No te he hecho daño, ¿verdad?

–No. No te preocupes.

Faith abrió la cajita y entonces se quedó boquiabierta. Un flamante diamante rodeado de zafiros brillaba en su interior.

–Noah, es el anillo más hermoso que he visto en toda mi vida.

Él la tomó de la mano y se lo puso en el dedo anular.

–Te quiero, Faith, y quiero que seas mi esposa.

–Yo también te quiero, Noah. No sabes cuánto –dijo ella, riendo de gozo–. Pero no sé si el médico nos dejará casarnos –añadió, poniéndose seria.

–¿Y por qué no? Podemos casarnos en esta misma habitación en compañía de nuestras familias. Y después de que nazca el bebé, podemos hacer una boda a lo grande o una fiesta por todo lo alto.

–Ya veo que lo tienes todo pensado –dijo Faith, en un tono bromista.

–Tengo que admitir que sí. No iba a aceptar un «no» por respuesta.

–Una boda pequeña estaría bien. ¡Por suerte esta habitación es enorme! De lo contrario no cabrían mis tías y mis primos. Y, tienes razón. Más adelante me gustará celebrar una boda a lo grande. Siempre he soñado con llevar un vestido de novia espectacular.

–Lo que quieras tú está bien para mí –dijo él, sonriéndole.

–Si tenemos un niño sano, entonces mi felicidad será plena… Tenías razón, Noah. Las viejas rencillas no son tan importantes después de todo –añadió, mirando el anillo que llevaba puesto–. Esto es maravilloso. Estoy encantada, Noah. Y no sabes cuánto te quiero –le dijo, estrechándolo entre sus brazos.

Epílogo

Faith apenas se fijó en las largas filas de invitados que atestaban la iglesia. Al final del pasillo la esperaba Noah, y muy cerca de él estaba su tía Sophia, sosteniendo al bebé, que ya tenía cinco meses.

Toda su familia estaba presente y su amiga Millie, acompañada del resto de damas de honor, también la esperaba en el extremo opuesto del altar.

Faith se agarró de su abuelo y lo miró a los ojos.

–¿Listo?

–Me alegro mucho por ti, cariño. Noah es un buen hombre y tenéis una niña preciosa. Te deseo toda la felicidad que yo tuve al lado de tu abuela.

–Faith, es la hora –dijo la organizadora de la boda.

Le lanzó una sonrisa a su abuelo y entonces se volvió hacia Noah, avanzando por el pasillo. Su hija Emily dormía en los brazos de la tía Sophia.

La pequeña tenía el cabello color azabache de su padre y los ojos azules de su madre.

Unos segundos más tarde llegaron junto al altar. Emilio puso la mano de su nieta sobre la de Noah y fue a tomar asiento.

El corazón de Faith latía sin ton ni son.

Después de pronunciar sus votos matrimoniales por segunda vez, Noah volvió a ponerle la sencilla alianza de oro en el dedo anular, detrás del fulgurante diamante que brillaba en su dedo.

La besó con todo el cariño que le profesaba y, por fin, fueron declarados marido y mujer.

Bajo una lluvia de pétalos de rosa, avanzaron juntos por el pasillo y, al llegar al vestíbulo, Noah se volvió hacia ella.

–Estoy impaciente por estar a solas contigo.

Noah no recordaba haber sido tan feliz como en ese momento. Ése era sin duda el mejor día de toda su vida.

Por fin iban a tener la luna de miel de la que no habían podido disfrutar y ambos deseaban marcharse.

Mientras Faith posaba con sus damas de honor, él se hizo a un lado y la observó con ojos llenos de cariño. Se había casado con la mujer más hermosa que jamás había conocido.

El vestido de novia, blanco y sencillo, realzaba sus curvas generosas y su cinturilla de avispa, y el escote en palabra de honor dejaba ver la textura cremosa de su piel de seda.

Noah se sentía bendecido por tener a Faith y a Emily en su vida.

Un rato más tarde partieron rumbo al club de campo donde una vez había ganado aquella afortunada puja durante la subasta benéfica.

–Este día parece interminable –dijo, mientras bailaban.

Por fin la tenía en sus brazos.

–Pero sólo con verte, sé lo que me espera después, y eso es más que suficiente para mí.

Ella se echó a reír.

–Éste es un día que siempre recordaré. Por suerte, Emily está tranquila, como siempre –dijo ella.

—Eso lo ha heredado de ti.

—Desde luego —dijo Faith con entusiasmo.

En ese momento Jeff se acercaba para bailar con la novia.

Noah dejó escapar un gruñido.

—Le decía que aquí viene mi hermano, el pesado, a robarme un baile con mi esposa.

—Qué razón tienes. ¿Puedo? —preguntó Jeff, volviéndose hacia Faith.

—Ni hablar —dijo Noah y Jeff dio media vuelta, riéndose a carcajadas.

Entonces Noah la sujetó por la espalda y le dio un beso apasionado que la hizo inclinarse hacia atrás.

—Noah, soy todo lo feliz que se puede ser. Me has dado la vida casándote conmigo y dándome a Emily. Y no sólo eso. Tampoco sé cómo agradecerte lo bien que te has portado con mi abuelo.

—No tienes que agradecerme nada. Yo soy quien tiene que darte las gracias por toda la felicidad que me has traído. Tú y Emily… Cariño, cuando estemos solos esta noche, ya no te voy a dejar escapar de la cama. Te quiero con todo mi corazón, señora Brand.

—Y yo también te quiero, señor Brand —dijo ella y le dio un beso.

En el Deseo titulado
Negocios… y amor, de Sara Orwig,
podrás finalizar la serie
GEMELOS

Deseo™

La prometida de su hermano

SANDRA HYATT

Se daba por sentado que el hermano del príncipe Rafael Marconi se casaría con Alexia Wyndham Jones, por lo que a Rafe le sorprendió que le encargaran que llevara a la heredera americana a su país. Sin embargo, le pareció la oportunidad perfecta para descubrir los verdaderos motivos por los que ella había aceptado aquel matrimonio. Con lo que el príncipe no había contado era con la irresistible atracción que empezó a sentir por su futura cuñada. Alexia era más sorprendente y sensual de lo que había supuesto. Pero, ¿se atrevería a poseer a la prometida de otro?

¿Noviazgo o traición?

¡YA EN TU PUNTO DE VENTA!

Deseo™

Sin compromisos

MAUREEN CHILD

Después de años dedicado a arriesgar su vida en servicio, el ex marine Jericho King sólo deseaba la soledad de su casa en las montañas y algún romance sin ataduras. Pero cuando Daisy Saxon apareció, sus planes cambiaron totalmente, ya que en una ocasión había prometido que la ayudaría si alguna vez lo necesitaba.

Estaba dispuesto a darle un empleo y un hogar, sin sucumbir a sus deseos. Pero lo que sorprendió al lobo solitario fue enterarse de que el verdadero objetivo de Daisy era quedarse embarazada de él.

¡Ella quería un hijo suyo!